張愛玲

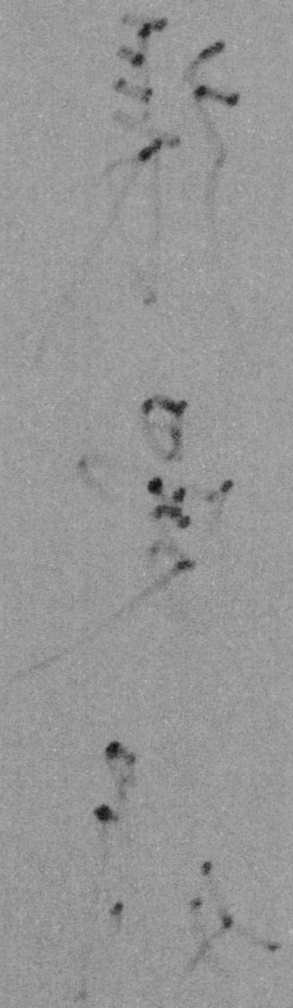

自成一派

只此一家，別無分號

張曼娟

自成一派

自序

自成一派
——只此一家，別無分號

二〇一五年的一個秋日清晨五點左右，天剛濛濛亮，父母親完成漱洗，穿上休閒服與運動鞋，輕巧的轉開門鎖，準備出門去運動。運動結束後，父母會買菜回家，準備早餐，展開一整天的生活。

當他們出門時，我正好起床上廁所，我們打了個照面，我問他們：「走啦？」他們朝我擺擺手，示意我繼續再睡，而後關上門。

我回到房間繼續睡眠，並沒有意識到，父母親那天出門後，再也沒有回來。回來的兩位老人令我感到陌生。

父親住院、出院，幾番折騰，醫生宣判他的身體機能並沒有問題，而是罹患了思覺失調，驀然變成一個迥然不同的人。一生都過得謹小慎微、節制壓抑的父親，宛如火山噴發，暴怒、狂躁、肢體和語言都充滿戾氣，全然失控。我的世界再也沒有理性兩個字，只有不斷的招架、被打倒、被摺倒在地，努力爬起來，再應聲倒下。

我的人生，最大的斷裂，轟然崩塌。

不知內情的朋友覺得擔心，他們不明白我何以迅速的枯索乾涸，眼中跳動著瀕臨毀滅的鬼火。極少的朋友知道我正經歷的事，他們對我說：「妳哭出來吧，如果哭一哭會好一點。」但我一點也不想哭，我並不悲傷，沒有感覺，只想著活下去。

許多人都說我很孝順，是個孝女，說來慚愧，我所做的一切，並不是為了孝，只是為了愛。不管眼前的父親對我來說有多陌生，他曾經傾付所有愛過我，我要回報的不是恩義，而是情義。就像我常對自己說的，雖然他不是以前的那個父親，我卻還是原來的那個女兒。

我毫不猶豫的扛起照顧者的責任，雖然有時也會有無以為繼的痛苦，但更多時候，對於這個身分，我是引以為榮的。

頭一年成為照顧者，我把心情貼在臉書上，便會出現一些資深照顧者，十年、八年，甚至有十六年、十八年的，留言分享。看著他們的資歷，我怵然而驚，如何能夠撐得這麼久？如今，我也已經邁入第八年。

全心全意照顧父親一年半之後，母親被確診為血管型失智症，約莫有一年時間，我陷在深深的自責與愧疚中，一定是因為我的疏忽，沒有注意到母親的輕微中風，耽誤了黃金治療期，才演變為失智的。母親生性樂觀開朗，雖然常常迷失在時間、空間中，或是認不出人，但是與父親的狀況相比，可謂是羽量級的「可愛」程度。我甚至覺得母親並沒有失智，只是會被「失智君」控制，產生不可思議的言行。

「失智君」被擬人化之後，我彷彿與自己達成某種和解，直到我發現母親很多時候還是很聰明的，只是在認知上會出現某些障礙，於是，我決定接受最新的醫學名詞「認知症」。就像是將「精神分裂」稱為「思覺失調」一樣，本書中的「失智症」都已更改為「認知症」。

八年來，我與思覺失調的父親和認知症的母親共同生活，在外籍看護阿妮的協助下，成為青銀共居的典型。父母親不可避免的愈來愈老，但是他們的健康狀況並沒有惡化，原本以為自己活不過九十歲的父親，正朝向百歲前行。認識我們的鄰居和朋友常常豔羨的說：「沒見過愈老愈健康的，妳是怎麼辦到的？真的太會照顧了。」

不是因為「會照顧」，才成為照顧者的；而是因為我們願意承擔，才「會照顧」的。

在照顧這件事上，完全可以見出一個家庭的功能性是否強大。

「我的家庭眞可愛，整潔美滿又安康，姐妹兄弟很和氣，父母都慈祥。」小時候每個孩子都會唱這首歌，短短幾句歌詞勾勒出家庭的理想樣貌，然而，有多少家庭真的是如此美滿呢？「可愛的家庭呀，我不能離開你，你的恩惠比天長。」優美的旋律猶在耳邊，卻又有多少孩子從小就渴望著逃離家庭，逃到天涯海角，永無瓜葛？

有時候我覺得，美滿的家庭只是個憧憬，如果沒有人是完美的，又怎麼會有完美的關係與家人？

並不是每個家庭都因為愛而締結；並不是每個孩子都在期待與祝福中誕生；並不是每個人與家人相處都感到安全和溫暖，這是一個事實。它說明了「你的家庭不是你（所以為）的家庭」。

我認識這樣的朋友，前半生與原生家庭關係不好，覺得痛苦不已；後半生則因為無法與家人和解，內心十分糾結。雖然他已經建立了自己的家庭，與妻兒的關係很親密，卻還是感到遺憾。

「這是你可以改變的事嗎？」我實在忍不住問他。

「我一直希望可以改變，我也一直很努力。」他說。

「人與人之間講的是緣分，血緣關係也是。你的太太和兒子因為你的遺憾覺得很無力，不管他們再怎麼努力，都無法消除你的痛苦。對你來說，他們應該才是最珍貴的家人，不是嗎？」

他沉默了片刻，點點頭。

「放下執著，活在當下。對吧？」

「斷捨離」，在很多情況下，都是特效藥。

假設沒有建立新的家庭，沒有家人，能夠得到幸福嗎？從原生家庭千瘡百孔中走出來的人，能夠掙扎著長大，下定決心從泥淖中爬出來，更應該珍愛自己，自己就是自己的家。

小時候盼望著快點長大，長大才發現世界並沒有變得更好，摸爬滾打中，歲月倏忽而逝，才剛跨過中年，怎麼就成了長輩？當長壽時代來臨，成為長輩的歲月愈來愈長，卻沒有人告訴我們該怎麼成為長輩。自以為是、倚老賣老、以自我為中心、霸道、頑固、迂腐、貪婪、吝嗇、嘮叨、落伍……這一類的負面形容，都是我們避之唯恐不及的。

豁達、自在、溫暖、氣派的大人，才是我們的追求。

這些良好的品格，並不是成了長輩才開始修為的，而是人生下半場的當務之急。我們必須認識自己，接納自己，甚至感謝自己，世界才能漸漸完整。

認識自己並不是一件容易的事，還是個孩子的時候，我們從大人的喜怒中評價自己；求學階段，則要從成績與評量裡為自己排序。為了不要太標新立異，我們學會隱藏真實情緒，說出言不由衷的話。為了怕孤獨，所以討好他人，把自己偽裝成另外一個人。我們不敢顯露出自己真實的樣子，如果大家都不喜歡這個樣子該怎麼辦呢？於是，我們戴著假面與他人建立親密關係，同時感受到內心愈發荒蕪。

弔詭的是，哪怕如此，還是有人不喜歡我們，還是會被背叛、被邊緣化，很多時候還是覺得不開心。年紀愈來愈大，愈覺得心中不平衡，覺得被辜負了。看見年輕人所擁有，而自己已經沒有的一切，便有一股說不清的失落和怨忿油然而生。

並不是世界虧待了我們，而是我們苛薄了自己。

我就是我，不是其他人，這才是一個完整的世界。

不再患得患失，不必結黨結派，說自己想說的話，成為自己的主人。不再懼怕與眾不同，也能甘於平凡知足，只此一家，別無分號。

自成一派，何等自在。

註：本書中的「認知症」即俗稱的「失智症」。

目次 contents

貳——家，不是一個地方

家，是人生的避風港？
對許多人來說，家，其實是風暴的中心。
家庭無法滿足我們，甚至造成心靈的創傷與匱乏，
於是，長大以後，
我們為自己打造一個家，重新成長一次。

叁——照顧者的巨大沙漏

照顧者承受著巨大的無力感，
時間的沙漏不斷的把父母的健康、認知、意志流失殆盡，
我每天疲於奔命的伸手去接，
卻只是徒勞。

肆——給未來長輩的備忘錄

我們從沒學過怎麼當長輩，
更多時候是卯起來逃避長輩的身分，
因為怕老。
後來才發現，
自己怎麼成為了那種討人厭的長輩？

壹

／

因為只能活一次

年輕的時候以為生命是很漫長的，
可以試著活成這樣，活成那樣，
到中年才發現，如果不能活成自己的樣子，
真是浪費了。
因為我們只能活一次。

活成自己的樣子

我去演講的時候，談到了「做自己」這個話題，一如往常的，臺下聽眾大都點頭表示贊同，然而也有一些人覺得這是個「虛擬」的命題——在群體中生存，是不可能做自己的。

那天活動之後，有個頭髮花白的中年男子來到我面前，他並無挑釁的意思，溫和的對我說：「『做自己』是個理想，但是真的很難。西方人才能做自己，我們東方人的思想中，沒有做自己的文化啊。」我當時無法回答，因為「文化中沒有，所以做不到。」的思維，是我不曾思考過的事。

搭乘高鐵回台北，感到微微疲憊，看著窗景迅速從眼前滑過，我的腦海忽然浮現孔子的一段話：「吾十有五而志於學，三十而立，四十而不惑，五十而知天命，六十而耳順，七十而從心所欲，不踰矩。」

我直起身子，這是什麼？這不就是自我的確立與實踐嗎？這不是我們的文化裡一直存在的底蘊嗎？

「十五歲的少年時期，明白了自己的潛質與才能，努力學習。」

學習著讓自己精進；學習著和諧的人際關係；學習著並改變自己，希望能得到更多認同與喜愛。我記得自己的少女時代，脫離了可愛的小女孩樣貌，長成一個頎長而瘦削的女生，短短的學生頭，細細的頸項總是低垂著，我不敢與別人眼神接觸，甚至不敢注視鏡中的自己。

倚山而建的教室，每天都要爬許多蜿蜒的階梯，平衡感不太好的我，隔三差五就從階梯上滑倒摔落，跌得瘀青擦傷。而在日常生活中，不管是課業或其他各方面，也都是不斷下滑的狀態。因為無法覺察自己的優點或長處，我總期望著別人能夠喜愛我、肯定我。

「我要當一個貼心的人。」那些年我給自己訂下了這樣的人設，於是，花費許多心思體察別人的心情與反應，很擔心惹人不高興。為了取悅他人，我做了許多事、說了許多話，如果到最後依然無法得到喜愛，便再次有了墜落的感覺。

「到了三十歲，便可以確立自身價值，也能在專業上表現傑出。」

我的成長之路，並不像別人以為的一帆風順，因為成績不好，只能進入五專就讀。在那所憑山而建的學校，不用準備聯考，終於可以做自己喜歡的事了，閱讀與寫作成為我的熱愛，後來也化為我的脊梁。五專畢業後，插班進了大學中文系，有太多我不知道卻很想知道的事。每天都精神飽滿的起床，搭一個半小時的公車去上學，在課堂上專注聆聽，回到家整理筆記，樂此不疲。

將來想要做什麼呢？來回三小時的車程裡，這個問題不斷縈繞在腦中，念碩士班的某一天，有個念頭敲擊著我：成為一個老師。我覺得自己可以成為一個對學生有益的老師。同時，另一個念頭搔抓著我：成為一個創作者，如果可以一直寫下去就好了。當我出版第一本書，成為暢銷作家，也幸運的考上博士班，距離夢想似乎更近了。

某次博班下課後，被一位學長叫到樓梯間，他橫眉豎眼的問我：「張曼娟，妳到底想幹嘛？妳已經出了一本書，就專心當妳的暢銷作家就好，念什麼博士班？」平常與學長並沒有太多交集，見面時還能友善的點個頭，卻突然被堵在牆角質問，確實讓我驚慌。

在我還沒能做出反應時，學長苦口婆心的對我說：「從來沒有一個暢銷作家能得到博士學位的，以前沒有，以後也不會有。妳不要太貪心了，妳要認命。」說完之後，他重重嘆了一口氣，揚長而去。

在搭車回家的漫長路程中，學長的話不斷響在耳際，原來，追求夢想是自不量力，人應該要認命，不該貪求。「從來沒有……以前沒有，以後也不會有……」以前沒有人做過的事，我們連試都不敢試嗎？如果試了不成功又如何？反正沒有人做過。但如果僥倖成功呢？

魯迅的這段話對我產生很大的影響：「其實地上本沒有路，走的人多了，也便成了路。」

不知道當時哪來的勇氣，一個半小時完成了心理建設，我沒有休學，也沒有停筆，就這樣走上一條無人知曉的道路。

第一本書的暢銷，並沒有贏來鮮花與掌聲，招致的是如影隨形的花式抨擊，如果我相信了任何一則惡評，應該都無法提筆寫作了。但我只想繼續寫下去，為了心中的信念寫下去，為了自己不斷的寫下去。多年後，遇見一位滿腔赤誠的年輕寫作者，他雖然得到文學獎，卻被評審老師的輕視深深打擊。

在鼓勵他的信中我寫道：「如果這是你想走的路，不要懼怕，風再大，只能吹落你的帽子，吹不掉你的頭。」

當我開始寫博士論文，同時在大學兼課，某一天在校車上遇見了那位學長，「那時候我的話說得太武斷了。」他一坐下便這樣說。

學長說他發現我的每門科目成績都拿高分，也聽過老師們稱讚我，連被我教過的學生都很喜歡我。「可能是我太沒有想像力了，沒有看過，就以為不會發生。」他自嘲的笑著。

我覺得該說點什麼，卻不知道說什麼才好。當他下車前重重對我點頭，有一種感動從心窩裡蔓延開來。

二十九歲，我修得博士學位，成為大學專任副教授，且創作與出版依然持續。

多年後回首當年，覺得不可思議，怎麼可能同時做那麼多事？

因為長期睡眠不足，我的臉上長滿疔瘡似的痘痘，紅腫、化膿、發黑。別的女孩享受著花樣年華，我只有花豆面頰。那些年暈眩症也常常發作，稍稍一動就覺得天旋地轉，噁心嘔吐，往往要靜躺兩、三天才好轉。做了許多檢查，仍查不出病根。當我聽見同學似笑非笑的評論：「她啊，就是運氣好，上輩子燒了好香。」我總是裝作沒聽到，別人覺得你運氣好，肯定是因為你擁有的東西是令人羨慕的。不管自己付出的代價有多高，能擁有令人羨慕的東西，必然是幸運的。

我希望自己可以更好，可以寫出更好的作品、可以成為更好的老師，我知道一切付出是為了成就自己。

如果可以做喜歡的事，自然會打造錘鍊出更好的自己。

「人生四十，主流價值觀，旁人的議論，都不能迷惑我們的心志了。」

約莫四十年前，中央圖書館位於南海路的植物園，古色古香的傳統中式建築，是念碩士班的我最常流連的處所。我喜歡在階梯上找個花窗旁的位置，席地而坐，靜靜閱讀。

夏日午後的雷雨落下，有時吹進窗戶，沾溼了裙襬，覺得無比詩意。也會和同學約個三五成群，在善本書室看微卷，看得疲累了便結伴午餐，而後坐在荷花池畔的涼亭裡閒聊。都是二十出頭的女孩，對未來有很多勾勒。有的說以後要回到故鄉的學校去教書；有的說想快點談戀愛；有的說念完碩士想要當博士夫人……而後她們望向我，並且說，我最有可能成為博士夫人。那時的我看起來是溫婉恬靜、宜室宜家的樣子。然而，我是這樣回答的：「求人不如求己，想當博士夫人，不如自己念個博士。」

為什麼會脫口而出，說了這樣的話，迄今仍是一個謎。但我確實照表操課修完了博士學位，在大學裡教書。

傳統中文系的課程多半是老師講解，學生聆聽抄筆記。我教授的大都是現代文學課程，因此注重的是閱讀、理解與討論。學生在課前要先閱讀文本，而後分組討論、上臺報告，最後再由老師講評與結論。最大的挑戰在於，學生不敢發表自己的想法，他們不知道怎樣的賞析才有「深度」，怎樣的閱讀與理解才是正確的，根本問題在於缺乏自信。

我花了不少時間帶領學生練習，引導他們更好的表達，深刻的思考，讓他們克服了上臺的恐懼，找到主動學習的熱情。選課的學生愈來愈多，使我不得不限制人數，以免擠壓到其他老師的資源。但是，各種批評還是紛沓而至。「幹嘛這麼標新立異，譁眾取寵？」「學生上臺去講，這種老師也太好當了吧？」

當年還沒有「翻轉教學」這樣的專有名詞，而我已經在冷嘲熱諷中獨自翻來轉去，練出無比的彈性與腰力。

我知道沒辦法成為所謂「主流」的老師，我想帶著自己和學生，走一條沒人走過的道路，我想要做出改變。

當年在涼亭裡憧憬未來的圓桌女士們，有的已經結婚，有的結婚又離婚，她們成為了母親，而我依然踽踽獨行，走過許多地方，見過許多人，覺得這似乎是最適合自己的生活方式。在填寫某些表格時，也不再勾選「未婚」，而是寫上「不婚」這樣的選項，並把它勾起來。

四十五歲那年，我買了一顆小小的鑽石，送給自己當生日禮物，填完資料卡，售貨姐姐看見我自作主張的「不婚」選項，狠狠吃了一驚：「哎呦，不能這樣的啦，不能放棄希望，還是有可能會結婚啊。」

我笑笑的沒說話，我只是不婚，並不是放棄人生啊。這個社會既然能夠接受「未婚」、「已婚」、「離婚」，應該也能接受「不婚」吧？不婚既不悲哀，也不壯烈，只是一種適合自己的生命選擇而已。我肯定婚姻的意義與價值，但它不見得是唯一的選項。

四十幾歲的某一天，我在深圳收聽率很高的電臺節目受訪，深夜時段的女性主持人有著相當感性的聲線，在我們聊了一些感情與成長的話題後，她突然問道：

「張老師，妳是暢銷作家，又是大學教授，是很多人羨慕的對象。可是，妳沒有結婚，也沒有孩子，當夜深人靜，妳從夢中醒來……」

她頓了一下，用一種悲憫的眼神瞅著我：「孤獨的妳捫心自問，難道不會覺得遺憾嗎？」

嗶嗶嗶，犯規犯規，節網上根本沒有這一題。半夜十二點，在我意志力最薄弱的時刻，問我這句話，存心要逼哭我嗎？

我稍稍調整一下坐姿，讓自己的回答可以更清楚：

「誰的人生是完全沒有遺憾的呢？」我發現自己一點也不想哭，也不覺得淒涼或自憐。

一種前所未有的篤定，讓我好好的說完了接下來的這段話：

「人生苦短，如果不能做自己喜歡的事，活成自己想要的樣子，那才是最大的遺憾。」

音樂突然響起，我輕輕的吐出悠長的氣息。

曼娟老師直播極短篇

【做好自己，讓時間給答案】

連個正當工作都沒有

我和母親的陽曆生日是同一天，以往母親過的是農曆生日，所以沒發現這個巧合。當我們驚喜的發現之後，每年都一起慶生。在我五十歲生日那天，正好是母親的七十五歲生日。我特地訂了礁溪溫泉的知名酒店，想要跟媽媽一起泡湯慶生。進了房間，換上拖鞋，我發現房務人員給了我們一雙兩隻左腳的拖鞋。因為是夾腳拖，左、右腳是有區分的，無法湊合。我致電櫃檯向他們反映了這個情況。

「兩隻左腳的拖鞋啊？那……您是想要？」櫃檯人員很客氣的詢問。

我愣了兩秒鐘，這是什麼回應？

「我們有一雙拖鞋都是左腳的，你們不該處理一下嗎？」

「喔，不好意思，馬上幫您更換。」

如果是以前的我，應該會更客氣的說：

「請幫我們換一隻右腳的拖鞋，不然沒辦法穿喔，麻煩你了。」

但我不是以前的我了。

那段時間因為手部皮膚敏感，我常去美容院洗頭。美容連鎖店有建教合作的年輕學生實習，因為經驗不足，總有客人抱怨，或直接拒絕實習生的服務。我覺得所有專業都是從實習開始的，因此沒有特別排斥，隨遇而安。有一回遇到個年輕女孩，洗頭的過程中三番兩次將肥皂水沖進我的耳朵，我躲不勝躲、避不能避，已無法再忍耐，於是出聲：「請小心一點，肥皂水一直沖進耳朵。」

「喔。」女孩笑嘻嘻回應：「妳不喜歡耳朵進水喔？」

「有人喜歡耳朵進水嗎？」我驚訝的反射性回答，好像很犀利，但我真的震驚於實習生的反應。難道很多人都喜歡肥皂水沖進耳朵嗎？

我也對自己的直白、不假修飾感到驚訝，我真的不是以前的我了。以前的我小心翼翼、體貼溫柔、深怕自己傷害他人，就算是吃虧、委屈、被傷害也沒關係。現在的我已經不同了。

溫泉酒店的櫃檯人員與美容院的實習生，可能會把我看作是奧客吧？兩隻左腳的拖鞋或是耳朵進了水，有什麼大不了的？

但我知道自己對於遇到問題不肯面對、無法解決的人，愈來愈沒有耐心了。如果每個人都能認真面對問題，想辦法去解決，就不會為他人帶來麻煩。回首前半生，真正耗費心神的事，往往不是自己的事，而是替別人解決他們沒能搞定的問題。

五十歲的我，不想再浪費時間了。

「到了五十歲，就能看清自己生在人世間的使命與價值。」

「人生半百，中途而已。」

這是我在五十歲生日那一年給自己的期許。

五十歲的第一個使命，竟然是獲派到香港擔任文化大使的職務。與任何政黨皆無關聯的我，按理來說，這是連夢都夢不到的機會，究竟是怎麼發生的？又是另一個難解的謎。在我看來，這是命運送給我的一個大禮，等待拆開的福袋。福袋裡必然會有驚喜，可能也會有用不到或是很難處理的東西，但我幾乎沒有思考，就雙手接個滿懷，全盤皆收。

出發前，朋友憂心忡忡的問我：「妳不是有社交恐懼症？人多的場合就不說話，是要怎麼辦啊？」

朋友的顧慮與擔憂確實也是我的，但曾在香港中文大學教過書，並陸陸續續短暫居住，結識了宛若知己的好友，一直以來，都把香港視為我的第二故鄉。能夠在香港工作與生活是我的願望；成為港台兩地文化與情感的橋梁，雖然困難重重還是必須要去走一回。

從人事任命發布後，出現來自四面八方的請託，要求安排去香港辦演講、辦活動、辦展覽，各式各樣的人情壓力，排闥而來。所幸，長久以來我都是獨來獨往，沒有什麼人際網絡，也就沒有多餘的負累，可以四兩撥千斤的清爽出發就職。

我與光華新聞文化中心的同事們，規劃出一系列的有趣活動，吸引了許多香港、澳門和對岸的朋友。每一場活動都有那麼多人來參與，看著他們臉上的表情、眼底的讚許，我知道自己做的事是有意義的。

我對許多來港的台灣文化人鞠躬說謝謝；我對前來參加活動的香港朋友鞠躬說謝謝。當我即將離職時，許多香港人依依不捨的對我說：「謝謝妳。謝謝台灣。」

回到台灣之後，我發現自己從內部發生了質變，已經無法安頓在一成不變的生活中，我決定辭職，離開許多人嚮往的大學教授工作。想要好好在小學堂教導孩子們，陪伴他們成長；想要重新尋找寫作題材，開創新的風格。當我把辭職的決定告訴雙親，父親臉色一沉，沒有說話。母親搖搖頭，憂心忡忡對我說：「妳要想清楚，不要開玩笑。」我說我沒有開玩笑，目前就算不能繼續工作，也能簡單過生活，請她不要擔心。母親有點激動的開口：「如果辭職，妳就連個正當的工作都沒有了。」

我突然啞口無言。

那時我已經創作出版三十幾年，並且仍在持續，締造過暢銷佳績，擁有許多海內外讀者粉絲；我創辦了「張曼娟小學堂」，教導許多中、小學生，讓他們的閱讀力與寫作力突飛猛進；我做廣播節目已經有十幾年，成為許多聽眾的陪伴與療癒，而這一切竟然都不是正當工作。

對許多人來說，所謂的「正當工作」，可能就是朝九晚五，日復一日，近百年來人們已經習慣的制式、傳統、並且安定無變化。而世界快速改變中，約莫有超過六成的未來職業，正等待著被發明或發現，在今天都無法想像明天的樣貌時，誰又能定義工作的正當性呢？但我相信，不偷、不騙、不搶、不拐，一個有品格的人，無論做什麼，都是正當的。

我後來是這樣告訴父母的，因為愛的緣故，他們只能試著接受我的邏輯和決定。而他們的擔憂並不太久，命運之輪轉動，我們的生活發生劇烈變化，父母的健康出現問題，逐漸失能，我在五十四歲那年成為獨力照顧者，一肩承擔起所有責任。因為離開了大學教職，可以比較自由的陪伴就醫與親身照顧，突然感謝起當年辭職的決定，為什麼會有這樣的直覺呢？也許真的是「知天命」吧。

照顧風暴初次蒞臨的驚濤駭浪，真的是令人難以喘息。年近九十的父親罹患思覺失調，竟有那麼大的暴戾與破壞，難以招架，一次次把我逼到臨界點。然而當狂亂過去，又吸到了空氣，又能站起來好好工作生活，便覺得自己可以挺得過。我在縫隙中環顧四周，發現許多與我類似的中年照顧者，有許多夾在上一代與下一代之間，更加壓迫侷促。是那種「懂得」的同理心，我開始一系列的「照顧者書寫」。

「長照」到底是怎麼一回事？沒經過的不能想像；正在經過的無法為自己發聲；若是說了苦、說了累、說了難以為繼，就是不孝。照顧者多半都是沉默的，沉默著隱忍，直到完全絕望或崩毀。

那些相識或不相識的照顧者，就像孤獨的兄弟姐妹，我想用自己真摯誠懇、樸實無華的文字，給他們一個擁抱。告訴他們，你可以說出自己的感受，可以向外界求援，受不了的時候甚至可以逃開一陣子，沒關係的，因為你長久以來都那麼辛苦，真的沒關係。

中年覺醒與照顧者處境，成了我的創作主題，這是前半生從來沒有想像過的。我的寫作生涯攀登了另一座山峰，從《我輩中人》、《以我之名》到《自成一派》，苦樂參半，如此深刻的鐫刻在我的生命裡。

嶄新的寫作風格，如我所願。

「穿上六十歲的一襲花甲，他人對我的好惡，再也無法侵擾我心了。」

曾經那麼努力的討好，那麼在意別人是否喜歡自己，是從什麼時候開始，漸漸無所謂了呢？應該是讀到了孔子與弟子的一段對話吧。

子貢問曰：「鄉人皆好之，何如？」子曰：「未可也。」「鄉人皆惡之，何如？」子曰：「未可也。不如鄉人之善者好之，其不善者惡之。」

孔子與弟子之間的對話，充滿生活感。

問話的是以言語著稱、八面玲瓏、與人為善的跨國企業家子貢，他提出的問題，大約也是自己的苦惱。「如果鄉里之間的人，都對我讚譽有加。那麼，我應該算是很不錯的人吧？」孔子回答：「那也不見得。」子貢應該很驚訝，以至於語無倫次了：「難道要鄉里之間的人都討厭我，才是個不錯的人嗎？」我好像可以看見子貢欲哭無淚的表情，已經這麼努力了啊，還達不到老師的標準？

孔子慢條斯理的回答：「當然不是啊。應該是鄉里之間善良的人喜歡你；作惡的人討厭你。」

孔子並不鄉愿，也不想與全世界和好。累積了歲月與經歷，自然明白，「道不同，不相爲謀。」某些人與某些事，確實是遠避為吉。

多年前年少成名，雖說是命運的安排，卻無意間成了令人憎惡的對象。曾經有位比我早出道的女作家，她在文壇上的地位與名聲比我崇高響亮，卻毫不避諱對我的反感。有一次我與她的同事一起出席活動，一貫的低調謙遜，讓那位同事感覺到我的無害，臨別時她對我說：「〇〇〇很討厭妳，妳知道吧？」我笑笑沒有說話。她繼續說：「〇〇〇逢人就罵妳，我們問過妳怎麼得罪她了？她說不用得罪，她想到妳就討厭得要命。」原來是這樣啊，什麼都不用做，就可以討厭得要命，也是很強烈的情感啊。

過了若干年，女作家與我的共同朋友知道了這件事，他好心的想做調人，拉著我去和女作家打招呼。「應該是有什麼誤會，打個招呼，聊兩句就沒事了。」不忍違逆朋友的善意，只好跟著向前走。才剛走到女作家面前，她向我們的朋友熱烈打招呼，朋友笑著介紹：「這是曼娟，聽說妳們沒見過面。」我才剛要開口問好，只見女作家整張臉垮下來，抬起下巴，用力從鼻子裡「恨」了一聲，揚長而去。

朋友瞬間凍結，驚嚇到臉僵。我拍拍他的背，輕聲說：「沒事。」朋友不斷向我致歉，他覺得這是很大的羞辱，都是他不好，讓我陷入這樣的境地。說真的，我覺得那年四十幾歲的女作家當眾做出這樣的行為，是她自己失了體面，卻絲毫沒有傷害到我。

不管你做了或沒做什麼事；不管你是這樣或那樣的人，總會有人不喜歡你。捫心自問，我們也會有不認同的事、不喜歡的人，只是穿上了漂亮的歲月花甲，想要優雅體面，如此而已。

至於所謂的「七十而從心所欲，不踰矩。」那是一段相當時日以後的事了。也許再試著做些「不正當」的工作吧。

洋蔥與番茄的選美賽

我常講這個故事給小學三、四年級的小朋友聽，他們也都聽得入神，那是我自己創作的〈洋蔥與番茄的選美賽〉。

「有一天，蔬菜們聚在一起舉辦選美，最後由洋蔥和番茄爭奪總冠軍。

洋蔥說：『我很有層次感，不能一眼看穿。』

番茄說：『我的色彩多麼鮮豔，真是人見人愛。』

洋蔥說：『傷害我的人，把我切開，自己也會痛哭流涕。』

番茄說：『只要把我煮進食物裡，就會改變料理的顏色和滋味。』

他們爭論得很激烈，其他蔬菜都無法做決定，感覺兩邊的說法都很有道理……」

常常，在這個時候，就會有孩子打斷我，並且說：「洋蔥和番茄根本就不一樣，是要怎麼比較？」

我停下來，微笑的看著孩子們，繼續說：「這時候，突然有個小男孩（或小女孩）出現，大喊一聲：『番茄和洋蔥是不一樣的東西，為什麼要比較？』」

孩子們很喜歡這個結局，我很喜歡孩子們的覺知。

然而，也不免有些喟嘆，很小的時候，我們就知道不同的東西不必比較，後來是怎麼開始踏進愈陷愈深的「比較泥淖」中？

小時候親戚家的孩子都有好成績，我則一向「績」弱不振，雖然努力保持「乖巧」品質，可是，在升學掛帥的年代，這實在不算優點。「如果妳能像○○哥或是○○姐那樣，不用父母操心，我真的是睡著也會笑醒。」父母不只一次這麼說，但我做不到，因此父母總是安穩睡到天亮，從來不曾笑醒。然而，讓父母的期望一再落空，我自己也不好受。如果有一天，我真的能像○○哥或是○○姐，才不會辜負父母為我的犧牲與付出，否則，我不知道自己的存在有什麼價值。

好不容易擺脫了學業成績與學校排名，又要比工作：職稱、薪資、福利、升遷……接著要比對象與婚姻、比生兒育女、買房買車，並且從被動的比較，變成主動去比較，在比較中，一次又一次領略贏的痛快，也難免經歷輸的痛苦。

當孩子的時候，因為大人拿我們與別人比較，令我們感到困擾；等我們長大了，卻又忍不住與他人比較，並以下一代為比較對象，增添了他們的苦惱，真是細思極恐的輪迴。

在小學堂裡，常常都是哥哥、姐姐、弟弟、妹妹一個接一個來上課。我們有時候會聽到家長嘆氣說：「老師我跟妳說，弟弟從小就不能跟哥哥比，哥哥的成績好，讀書考試都很積極，弟弟就是個『散仙』。」哥哥確實是成績優異的好學生，但是他只專注在自己的世界，與外界並無交流。等到弟弟來上課，我們發現他其實是個細心的孩子，主動關心身邊的人，遇到有興趣的學習內容，也會和老師討論。令人印象最深刻的是他的謙讓與溫和，總是熱情的主動幫助同學，他的臉上常常帶著明亮的微笑，與哥哥的漠然很不相同。

於是，我們成為了弟弟的擁護者，當家長再次提到「弟弟真的和哥哥差很多」的時候，我們也忍不住說：「弟弟和哥哥真的不一樣，他有自己的優點和特質。」家長有點詫異：「他有什麼優點和特質？」

當我們條列弟弟的優點，有種荒謬的感覺，我們認識他只有三個月，卻要向認識他已經十幾年的家長介紹。家長聽完之後，點點頭，做出結論：「如果他可以專注在學業上，那就好了。」

這個孩子的學業成績不夠好，就算他在其他方面很傑出，在家長心中也不算是優點嗎？這真令人感到憂傷。

幾年過去了，我在一次飛行中巧遇同機的家長，他開心的對我說起弟弟剛剛考上第一志願的大學與科系，「他好像都知道自己要幹嘛，按部就班的一路走過來，早知道是這樣，當初幹嘛操這麼多心？」我隨口問起哥哥的狀況，家長的眉頭緊皺，嘆著氣說哥哥高中時迷上網路遊戲，跟他說什麼都不聽，大學考得不好，轉學後還是不順利，可能會休學，再看看下一步要怎麼做。

我們都沒說話，真是世事難料，只希望家長不要再拿弟弟來跟哥哥比較，讓哥哥承受更大的壓力。哥哥有哥哥的道路，弟弟有弟弟的人生，哪怕是手足與家人，有什麼好比較的？

在我求學時有個同班同學，各方面的表現都出色，一向自視甚高，沒想到上了研究所，我的學業成績竟然領先，應該是屬於開竅比較晚的那種。碩士班畢業前又出了本暢銷書，於是，這一切都成了她的芒刺，時時令她不安。

每當她當面問我：「為什麼又是妳！為什麼是妳不是我？」我總是很想對她說：「其實妳一直都很優秀，妳有妳的人生，我有我的，妳當我不存在不就好了？」但我什麼也沒說。

社群媒體成了許多人生活裡的必須，我們不再專注自己的生活，而是不斷張望著他人的精采。「當我加班的時候，那個朋友竟然去韓國聽演唱會？」「當我失戀的時候，那個朋友卻貼出男友甜蜜求婚的限時動態？」「我已經求子好多年而不可得，那個朋友才說了兩個寶貝已經足夠，卻又懷上第三胎，上天真是太不公平了。」我們不斷繞著別人的生活打轉，每一個笑容都是刺激，每一種幸福都是打擊，「**別人不一定在天堂，自己卻先走進了地獄。**」都是比較惹的禍。

有時候我會問小朋友，洋蔥和番茄如果不比較，可以做什麼呢？他們開心的嚷嚷，可以煮成羅宋湯，再加點牛肉和馬鈴薯，好好吃啊。是啊，是啊，那也是我很喜愛的料理，於是，我們模擬了羅宋湯的製作步驟。看著笑顏燦爛的孩子，但願他們永遠擺脫比較的夢魘。

我打開了時空膠囊

陪朋友去做心臟檢查那天，做完心電圖，還沒看診的空檔，我們進了醫院樓下的咖啡館稍作休息。朋友去櫃檯點咖啡，拿著咖啡回來時，有點興奮的對我說：「櫃檯裡有個女孩說她認識妳，她是小學堂的學生。」

「是嗎？」我抬頭往那個方向張望，因為店裡人很多，擋住了櫃檯，沒能看見。小學堂邁入第十七年，我們教過的孩子好幾千人，確實有許多已經是社會人士了。

喝完咖啡準備離開時，那個小學堂的女孩跑到我的面前打招呼，她說很懷念以前上課的時光，「曼娟老師的每一堂課都好喜歡，老師講的故事太好聽了。」女孩說，她在準備人生下一個階段的考試，所以暫時在這裡打工，我祝她考試順利，她突然很有感情的看著我，對我說：「老師妳辛苦了，我都有看妳的臉書，爸爸媽媽也有看，我們都很心疼妳，妳一定要好好的喔。」

在我還來不及反應的時候，她給了我一個溫暖紮實的擁抱。許多沒有說出口的話語和祝福，都在那個擁抱裡了。

女孩已經畢業好幾年，卻還記著那些教室裡的時光，一定是因為美好吧。我覺得很安慰，她長大了，感受到了這些過往的意義。

新的年度開始，我收到一封陌生女子S的來信，她訴說著三十幾年前，自己還是個高中生，曾經邀請我接受校刊的訪問，我用錄音的方式完成，還附上一張照片，結果別的同學接手編輯，不但裁切了我特別叮囑不要裁切的照片，而且也沒將照片歸還給我。

「對不起，我沒有把您的囑咐好好完成。對不起，我讓您美麗的照片不完整甚至最後不知所蹤了。對不起，我不是故意的，我覺得很歉疚，所以，請接受我的道歉。」S在信中這樣說。

看著她的信，我感到一陣心痛，已經過了三十幾年，她竟為這件事負疚那麼久，這樣的痛苦是很沉重的。應該抱歉的人，並不是她啊。我很坦白的告訴她，其實，我根本不記得這件事了，真的很想抱抱她，對她說：「沒事了，我並沒有介懷，也請妳放下吧。」

而我更想說的是謝謝，謝謝她讓我看見了當年的自己。

算算時間，那正是我寫博士論文日以繼夜、焦頭爛額的年代，實在沒有餘裕再接受類似的邀約，卻又希望自己的生命經驗能為他人帶來一些鼓舞，於是決定用郵寄與錄音的方式完成訪問。

錄音通常是在我忙完一整天後，深深的夜裡，安靜的坐在馬桶蓋上完成的。廁所是一個比較封閉安靜的空間，可以不受打擾的完成工作。冬夜的冷空氣從門縫爬進來，占領整個空間，我裹在厚厚的毛毯裡，使自己暖和，聲音才不會顫抖。

那時的我已經相當疲憊了，卻仍打起精神，興致高昂的對著錄音機滔滔不絕，白色磁磚牆以沉默回應。不知道這樣的努力，對別人有什麼意義？只是一次又一次的獨白，自己對自己說話。哪怕是在捉襟見肘的窘迫裡，還是想要付出與給予。年輕時的自己其實還不錯——這是多年後的現在才認識到的。

另一位朋友從三十年前的高中校刊裡，發現了我的訪問稿，同樣是用錄音完成，還附上一段手寫字與同學們共勉：「不要逃避挫折與考驗，生命之所以可貴，就在於可以承擔挫折，接受考驗，永不失去希望。」

還不到三十歲的我，哪裡來的勇氣說出這樣的話？我哪裡知道未來會有怎樣的挫折和考驗？

然而這也像是一則預言：承擔、挫折、考驗、希望，正是這些年來的關鍵字，尤其是在成為照顧者的七、八年間。

原來，不是因為做到了才相信，而是因為相信才能做得到。

花甲之年的我，到了開啟時空膠囊的時刻，原來，我的認真耕耘，成為那些孩子的美好青春；我的付出與分享，預言了自己能夠做得到；給予和獲得的愛，其實都值得。

至於S，希望她望見原本忐忑的、黑漆漆的膠囊，打開之後卻開出了一朵花。

你身上有光

剛剛進入夏天時，我無意間追了一齣陸劇《山河令》，號稱為新武俠劇。傳統的武林門派、奪寶尋仇、英雄氣與兒女情，一樣也不缺。但它談的不是國家民族大義，不是正氣凜然的完美英雄，而是一些性格矛盾、複雜甚至破碎的人，尋找自我的探索與救贖。一位主角是江湖中人人聞風喪膽的鬼谷谷主溫客行，背負著血海深仇的他，只想與這萬惡的人間玉石俱焚；另一位是殺手組織天窗的首領周子舒，他以身受七竅三秋釘的苦刑為代價，毅然決然脫離天窗，只想以贖罪之心平靜度過三年餘生。

谷主與首領偶然相遇，經歷了好奇、試探、猜疑、保護、承擔、理解，最後成為彼此的知己。

劇情尾聲時，溫客行在一場惡戰中奄奄一息，周子舒趕來救他。溫客行問：「傻子，你來做什麼？」周子舒答：「來與你這個瘋子死在一處。」這真的是一個末日降臨也無所畏懼的永恆時刻。

溫客行失去意識前說的最後一句話是：「你身上有光，我抓來看看。」

這句話令我怦然心動。想要與一個人一起活著，或是甘願與他一同死去，都是因為看見了那個人身上的光吧。每個人的身上都有光，只是光譜各有特色，那是一種難以描摹，只能心領神會的非物質現象。

初初誕生的我們，應該已經有了柔和的光，只是還很幽微。如果被愛、被肯定又有安全感，這光束便能慢慢形成。假若不被愛、被否定又遭遇不幸，便會生出暗影，這暗影不但一點一點吃掉了自己的光，還會吞噬掉別人的光。

有時候，我會看見暗影父母吃掉兒女的光；有時候，我會看見暗影戀人吃掉另一半的光；有時候是暗影老師；有時候是暗影上司……

原來，所謂的人吃人，吃掉的可能是光。

然而，就算自己的光曾經被吞噬、被剝奪，還是可以重生。只要是感受到自己的獨特，發現自己是完整的個體，不隸屬於任何人，也不必被任何人制約，覺察到自由，內在開始壯大，就能再度發光。

被暗影籠罩的時刻

童年時的我應該也是個暗影孩子吧，因為家族長輩的不當對待，再加上抑鬱父親為家庭帶來的低迷氣氛，我充滿了自卑、憂傷、厭世，就這樣進入青春期，成為同學霸凌的對象。

霸凌究竟是如何發生的？我已經不復記憶，只記得原本與我親善的幾個女同學，突然有一天就不再理會我了。剛開始我放下自尊，苦苦哀求和好，卻不斷遭到更冷酷的對待，於是我放棄了，告訴自己，沒關係，不想當朋友就算了。或許因為我不在乎了，更加惹怒她們。其中有一位是老師的女兒，一向是班上的風雲人物，她聯合了幾位同學不斷對我人身攻擊，甚至侮辱我的父母親。

為了避免她們的謾罵，只要走進教室，我便牢牢釘在座位上，一步也不移動，不上廁所、不吃便當，當作自己不存在。我把自己縮到最小、最卑微，只想隱到暗處，而後消失。那段時間，我以為自己是活該要忍受這些的，因為我很糟糕，惹人討厭，就像是地上的一顆塵埃，任誰都能踐踏。

這應該是我生命裡最漫長的一個學期，直到母親發現了我的異樣，她帶著我去老師家拜訪，要求主導霸凌我的同學給個說法。老師完全不了解情況，他詰問女兒為什麼這樣做？那個女生顯現出我從未見過的驚惶和恐懼，她囁嚅的、流著眼淚說：「我也不知道。」

這樣的回答令我吃驚，原來我並沒有做錯什麼，原來霸凌者自己也不知道所為何來。這個場面太荒謬了，她哀哀的哭泣，彷彿一直以來被霸凌的、生不如死的受害者是她。

第二天上學時，那幾個霸凌我的女生笑著跟我打招呼，其中一個還拿餅乾給我吃，午餐時她們幫我從蒸飯盒取出便當，說要一起吃飯。我的世界突然光亮起來，好像什麼都沒發生過。但真的什麼都沒發生過嗎？

我們分班不再同班了，不必再相見，讓我鬆了一口氣，這段經歷卻讓我的生命發生變化。曾經卑微的趴在地上看世界，我懂得了弱勢的壓抑與痛苦，我能夠更細微的去體會那些沒有說出口的心情與感受。哪怕是在最順遂的時刻，我也沒有盛氣凌人的嘴臉，更不會恃強凌弱，我成為一個謙遜而慈悲的人。

曾經，我在臉書分享這段往事時，有人留言表示反感：「看起來妳似乎感謝那些霸凌妳的人呢，有沒有想過有些人在霸凌中被毀滅了？」其實，我完全沒有感謝的意思，霸凌就是罪行，為什麼要感謝？

我只是試圖發掘，人在逆境中能有怎樣的啟發與能量。當然，首要條件是，必須從霸凌中存活，從一切逆境中存活。

成為一朵奇葩以後

因為成績不好，高中聯考連邊都摸不到，我進入五專就讀。原本的計劃是，從此再也不必聯考了，畢業後找個工作過自由的生活。我是一個從戰場上提早退役的兵士，準備去開墾良田度過餘生了。

學校裡聘請了許多外省籍的文化人當教師，教授文史社會方面的課程，他們有幾個共同特色：鄉音很重、年紀比較大，因此，在這些課堂上，上課時間總是吵鬧，學生們不是蹺課就是遲到，要不然就是做著自己的事，我就在這些課堂上閱讀了許多古龍、金庸的武俠小說，用老師們的南腔北調當佐料。

有兩位老師令我印象特別深刻，三年級的國文老師是個身材圓胖的老先生，看起來像是八十幾歲，鄉音濃重、動作遲緩，身邊的同學對我說：「老師好卡喔，真想幫他全身關節上點油，看看會不會順一點？」老師走路是腳不離地的，一種拖拉細碎的步伐，相當吃力。他穿著襯衫西裝褲，褲頭卻總會露出沒紮好的內褲，男生們互相嘲笑：「這就是你八十歲以後的樣子啦！」

「老師為什麼不退休？沒有家人養他喔？」同學去找助教抗議，因為大家都聽不懂他在講什麼。助教說老師還有個念小學的孩子要撫養。我們感到驚訝，八十幾歲還有個這麼小的兒子？助教說老師並沒有那麼老，應該只有六、七十歲。但他的記憶真的很不可靠，有時候該上隔壁班的課，卻跑到我們班來開講；有時候同學們要滿校園尋找迷走的老師，將他帶進教室來上課。

曾經最喜歡模仿老師走路和行動、博得同學們大笑的幾個男生，後來最主動去尋找迷路的老師，有一次我還看見某個男生在教室門口幫老師整理褲頭，那個瞬間，覺得他真帥。

老師後來中風了，沒再出現。在校園裡用小碎步走迷魂陣的老師的身影，是一直難以忘懷的。很多年以後，當我成為一個照顧者，從母親身上看見了認知症與帕金森氏症的作用，當我不斷提醒母親要抬起腳來走路，不要用拖的，而她完全做不到；當母親在家裡行動時也像是在走迷魂陣，找不到洗手間與臥室，我才真正明白，老師的身上發生了什麼事。我帶著愧疚之心回想，當調皮的同學模仿老師的小碎步與機械般的行動，在場的大家都哈哈大笑的時候，我到底笑了沒有？

五專四年級時，我們有了一位新的國文老師。老師是湖南人，從報社退休後轉任教職，雖然年紀也大了，但他瘦削矍鑠，在那凹陷的面頰上，只能看見炯炯有神的雙眼。雖然因為鄉音太重，同學們無法完全理解，但班上的吵鬧情況卻改善許多。第一次的作文題目是〈春日抒懷〉，我想了半天，決定用自己喜歡的故事體來寫，介於散文和小說之間。別的同學寫了一、兩頁，我卻欲罷不能的寫了十幾頁。

交作文的時候，我也想過會被退貨，或許被申斥，但，除了這個故事，我也寫不出別的了。次週，老師把作文交給班長發還同學，唯獨沒有我的，心中感覺不妙。上課時，老師從手提包中慎重取出我的作文，唸了幾個我刻意描寫的段子，他的面容相當柔和，帶著喜悅的笑容。他唸了我的名字，再唸一次，就像每個字都耐人咀嚼，而後他說：

「非常好，非常之好。這是我教書十八年來遇到的一朵奇葩啊！」

因為讀過《紅樓夢》，我懂得「奇葩」的意思，有的同學非常困惑，明明稱讚了我，卻又讓我「奇趴」，到底是稱讚還是要處罰？

我坐在位子上，沒敢大聲呼吸，彭楚珩老師說這句話時，他蒼老的面容煥發出明亮的光，整個籠罩住我。從那以後，彭老師的鄉音我差不多都能聽得懂了，同學不了解的文言文翻譯都來找我，我成了國文小老師，也決定五專畢業後還要繼續升學，自己鍾愛的創作當然也會堅持下去。會不會也是在那個時候，我的靈魂中埋下一粒種子，將來某一天，我也要成為一個老師，像發現一顆星星那樣的，去發現孩子的才能。

我不再是個暗影孩子了，我找到了成長的道途，一路追隨著光亮而去，直到自己也成為光亮。我相信我們生來就有光，儘管有時被暗影遮蔽——只是有時。

註：現代人所謂的「奇葩」，是指某個人的行為舉止不合時宜。而傳統所謂的「奇葩」，則是指「奇花異草」、「相當珍貴」的意思。

木牆上的釘痕

傷害總會留下痕跡

小時候我很不喜歡去親戚家吃飯，那位當家的伯母做得一手好滬菜，她的紅燒鴨、燻魚和豆沙粽子，是我吃過最好吃的口味。當她離世之後，於我而言，便成了絕響，也成了念想。

但伯母的脾氣喜怒無常，卻成了我們最大的折磨。當她心情好的時候，能為全家做漂亮衣服，燒出滿桌子好菜，熱情的款待我們。當她心情不好時，對我的父母動輒飆罵，許多難聽話連珠炮似的噴出來。挨罵的父母親固然不好受，站在一旁的孩子更感到無助與羞辱。受了許多委屈的母親，常常回家後才垂淚哭泣，我總是問她：「媽媽妳明明很會說話，為什麼不罵回去？我們又沒錯。」母親說人家是長輩，我們忍忍就過了。

「可是我覺得忍不了，心裡很氣，氣得想撞牆。」其實有一次，因為太痛苦，我真的去撞牆了，只是沒讓大人看見。撞牆之後暈眩的倒在地上，過了一陣子才能爬起來，終於知道電視劇裡演的，一撞牆就壯烈死去，原來不是真的。

「妳知道的，媽媽很會說話，我真的回罵的話，她哪裡是我的對手？就因為她不是我的對手，所以我才不出手。」母親這樣對我說，使我相信她其實是身懷絕技的武林高手，也相信了那些惡言惡語根本傷不了她分毫。

但是母親仍然爭取了我們可以自己過年，不用去親戚家拜年守歲。過完年，伯母便四處向鄰居抱怨：「看看那一家子，小鼻子小眼睛的！我不過是發個脾氣，發完了就沒事了，他們太愛記仇了。」

聽到這種說法，少年時的我感到難以言說的荒謬，那些炮彈四射的場面，原來只不過是「發個脾氣」，傷的、痛的、難堪的、受辱的都不算什麼，人家脾氣發完就沒事了，倒是我們這些傷痕累累的「愛記仇」、「小心眼」了。

為什麼有人會認為自己可以肆無忌憚的傷害別人？為什麼傷害別人不用認錯也毋須道歉？為什麼覺得自己沒事了，別人也就應該沒事了？

有個關於傷害的寓言，說的是一個壞脾氣的孩子，發作起來不是罵人就是打人。父親為了改正他的衝動行為，於是叫他想發脾氣時，就到後院對著木牆釘釘子，男孩釘了一年，赫然發現木牆上的釘頭已然密密麻麻，他真心想悔改，父親對他說：「那就把牆上的釘子拔下來吧。」男孩拔下每顆釘子，卻發現那再也不是原來的木牆了，一個又一個空洞，讓他的心發慌。他問父親該如何補救？父親對他說：「這就是傷害留下的痕跡。」

耶穌被釘在十字架上受苦死去，當他復活，門徒仍要從釘痕去辨認他。已經成了神，那痛苦的釘痕仍在，無法回復。脾氣不好，傷害了別人，並不是無心之過。無法自我控制，實在不算是一個善良的人。

當憤怒變為悲憫

從少女時代就結識的朋友意歡，在美國住了好幾年，所幸進入網路時代，我們的聯繫始終不曾斷絕。意歡和先生是在退休之後，用置產方式移民的。他們和女兒、女婿與兩個外孫住在同一個社區，而意歡的母親和哥哥則住在距離一個多小時的另一區，相互走動很方便。我常在臉書上看見意歡家後院與附近山區的美景，真的像風景明信片一般。

意歡生長在一個大家庭，小時候父親跑船，她和母親一直在祖母和伯母的挑剔及冷言冷語中過日子，只有父親在家寥寥可數的時日，母親和她才能感受到一點喜悅。

到了青春期，她還沒開始叛逆，就失去了任性的權利，因為母親罹患了憂鬱症。她整天提心吊膽的，懼怕母親想不開，在學校上課時，要打好幾次公用電話回家，聽見母親的聲音才能安心。祖母過世後，伯母變本加厲的責罵嘲諷，意歡總是站在第一線，為母親遮風擋雨。為了保護母親，她不敢去念自己喜歡的科系，因為那間大學在外縣市。直到父親終於退休回鄉，買了房子全家搬出去住，才有鬆一口氣的感覺。

「我覺得媽媽和我的人生都被她毀了，我要好好活著，看她遭天譴。」意歡咬牙切齒的說。

自從搬出老家後，她們母女再也沒有和伯母見過面，連意歡和哥哥的婚禮也沒邀請伯母來參加。想到伯母的時候，意歡心裡只有恨。

結婚幾年後，她遇見許久沒聯絡的堂姐，才聽說了一些伯母的舊事。原來，伯父當年對伯母非常冷淡，而家裡的兩個堂哥都是伯父在外面生養的，被祖母逼著接回家來，交給伯母養大，不管她願不願意。伯父年輕時很「匪類」，伯母的嫁妝都讓他敗光了，娘家的人也瞧不起她。她其實很嫉妒意歡的父母感情好，兒女雙全。兩個兒子知曉了自己的身世，對她不理不睬，唯一的女兒嫁人之後出了國，也無法顧及她。

意歡安靜的聆聽，覺得詫異，為什麼沒有幸災樂禍的感受呢？

那時的她，和丈夫有了理想的家庭；母親在適當的醫治下，憂鬱症得到良好控制，在父親中風過世後，被哥哥接到美國去住，對自己的生活也很滿意。意歡去探親時，將伯母的事說給母親聽，母親淡淡的說：「我早就不恨她了，妳也不要恨她，她不過就是個可憐人。」意歡終於理解自己無法再恨伯母的原因，了解隱情之後，不得不同意母親說的，她確實是個可憐人。

前陣子伯母在安養院中過世，意歡雖然無法回台灣，卻還是訂了花籃送到告別式會場。「對她的感覺真的只剩悲憫，沒有憤怒了。於是，我知道此刻的自己過得很幸福。」她在私訊中對我說。其實不是和解，也毋須和解，而是她早已不是過去受傷害的女孩了。

傷害必須要和解？

日本人最熱衷發明新的詞彙，每一種詞彙被發明，就意味著一些新的思潮與態度正在成形。像是「卒婚」，很現實的反映出中年以後的夫妻，兒女都已拉拔長大，兩人之間再無火花，甚至愈來愈南轅北轍，然而，斷然離婚似乎又太激烈了，於是分居兩地，彼此再無羈絆。因為沒有了配偶之間的權利與義務，偶爾需要相處時，反而更覺輕鬆，心平氣和。

另一個耐人尋味的流行語是「父母扭蛋」，意味著出生時不能挑選父母，就像是在扭蛋機扭蛋一樣，貧富差距根本是出生時就已注定的。若是父母扭蛋失敗，便是輸在起跑點上，這當然是完全怪罪父母的人生態度，也是為自己的「躺平」找藉口，彷彿這世上沒有「白手起家」的成功人士。

近日的流行語彙則是「終活」，指的是為邁向人生終站而進行的身心準備。《康健》雜誌完成了一項「終活大調查」，藉此了解人們在終活計劃中最想做到的是哪些事。果然不出所料，有百分之七十三的人認為「和解」是終活的重要事項。

聽了我國中時期被霸凌的故事後，小學堂的孩子問我：「如果再遇見當年霸凌妳的人，會原諒她們嗎？」

「因為我好好的長大了，所以，這件事對我的影響很有限。但是，如果這件事太嚴重，使我根本沒有機會長大呢？」我對他們說了玫瑰少年葉永鋕的不幸遭遇，因為他的陰柔氣質而慘遭霸凌，最後竟然在男廁暴斃。

孩子們顯出震驚與不忍的表情，教室裡變得好安靜。

「所以，想要請求原諒或和解，不如不要做出傷害別人的事。多用點同理心，設身處地想想，如果你是那個被傷害的人，又會怎麼樣？」

然而，人類的可悲在於這樣的傷害與霸凌似乎不會滅絕。成年之後，我漸漸體悟到，那些傷害的言詞其實不是重點，重點是我是否同意或相信那些惡意的話語？如果我相信那個手執武器站在面前的人肯定能傷害我，那麼，就算他的武器刺向虛空，我也會痛不欲生。

我看過一部武俠片，有位想成為武林至尊的俠客，得到一柄削鐵如泥的寶劍，打遍天下無敵手，於是他千里跋涉，去挑戰退隱的絕世高手，絕世高手原本不想理睬他，卻禁不起他的糾纏與挑釁，只得出招，才比劃了幾招，至尊俠客的寶劍應聲而斷，他震驚到無法置信，高手用的到底是什麼樣的武器？

「我的劍並不特別，而是你的劍已經有了裂痕，所以一擊就斷。」高手幽幽的說。

在他人的言詞中受傷，是因為我們心中已經有了裂痕？就像是被誘惑所引動，是因為我們心中已經有了慾望？

在一次演講場合中，有個中年女子問我：「和解真的很重要嗎？該怎麼和解呢？我覺得好難啊。」

「先與自己和解吧。」我對她說：「有些事漸漸不那麼重要，那就放下吧；有些人愈走愈遠，心裡知道他再也不能傷害我了，我應該對自己更好一點。」

青春期遭遇霸凌，覺得度日如年，如今想來卻是那樣遙遠，有一段長長的歲月，我甚至已經把它遺忘了。而後的人生常有不公平的事，造成大大小小的傷害，我也不會期待那些給出傷害的人表達歉意或者和解。只要人生道路繼續向前，我們就能走出自己的美麗新境地，不必過度執著。

我知道創傷對每個人的意義與影響都不同，中年以後聆聽過悲慘的故事，我總忍不住問當事人：「你是怎麼走過來（活下來）的？」我其實想知道，當人類面臨摧毀時，會怎樣保護自己？

享譽國際的心理治療師伊蒂特·伊娃·伊格（Edith Eva Eger）在二戰時，曾被抓進納粹集中營，受過各種迫害，父母死於煤氣室，她和姐姐靠著無比勇氣僥倖存活。年過九十的她，出版了《什麼樣的禮物可以拯救你的人生》。

「走出受害者心態，才能迎向接下來的人生。」

這是她面對創傷的態度。

「只要活過今天，明天就自由了。」伊格這樣說。

走過受害的經歷，最貴重的禮物也許是希望與相信。懷抱希望，相信未來，而後獲得理想的生活。

年紀漸長，發現不管擁有多少東西都不見得能快樂，內心平靜，沒有罣礙，才是最珍貴的。與全世界和解之前，最該做的，就是與自己和解。

曼娟老師直播極短篇

【爬起來，然後同理他人】

從高樓走下來之後

晚餐那尾紅燒魚

直到中年以後，我仍然那麼清楚記得，樓頂上寒凜的北風，我獨自站在那裡，微微抖瑟。往常受了體罰，我總是哭，那一次，竟然一滴眼淚也沒掉下來，我只是無比冷靜的告訴自己，這是最後一次，再也不會發生了，一切都要結束了。

念國中時，我的學習成績總是低落，尤其是數學與理化，像是迷失在黑夜的迷霧中，怎麼努力也找不到出口。在我們那個年代，並沒有「優勢培養」的觀念，只要是數理不好，就是壞學生。我理所當然成為壞學生，每天排在「領板子」的隊伍中，聽著前面的同學被厚板子擊打在手掌上，發出啪啪的聲音，腿都軟了。

多年之後依然很難想像，當時如此孱弱的自己，如何捱過那些體罰？雖然數理不好，所幸國文和歷史還算不錯，像是一條絲牽繫著我，使我的希望不致完全斷絕。

然而，那一次，我在歷史課堂上，受到了空前的挫折。老師一上課先隨堂抽考，叫到名字的同學必須回答老師的問題。

「英法聯軍攻進北京城，是在哪一年？」這是我得回答的題目。

因為喜歡歷史，上課前我總會充分溫習，自信的回答：「咸豐十年。」

老師的眼皮子都沒抬，繼續問：「那是西元多少年？」

我感覺額頭一片熱潮，有塊黑雲低低壓住。

「不知道？」老師凌厲的眼光掃過來，她說：「給自己一巴掌。」

我的世界瞬間被抽空了，連空氣也沒有剩餘。那樣敏感彆扭的我，覺得這是從不曾有過的羞辱。在我的家庭中，雖然也有體罰，但母親總是說：「打人不打臉，罵人不揭短。」打人耳光是極其侮辱的舉動，現在卻要我打自己一耳光？

我僵在那裡，無法動彈。坐在我身旁的同學轉開了頭，卻有愈來愈多同學轉過頭望向我，我知道不能再拖延，只好舉起手，竭盡全力揮出去。許多年以後，我偶爾仍會在夢中經歷這個場面，淚流滿面的醒過來。

爬上教室頂樓天臺，那應該是我最絕望的一天，看不見未來的希望。如果連那根絲線都斷了，還有什麼能夠繫住我？我站了好久，想像自己已經不存在，不會再讓父母失望，不會再受羞辱，也不再擔心歧視。

我獨自在天臺上，聽見放學鐘聲響起，看見同學們背著書包，魚貫走出校門，我感到飢餓，想到父親說過晚餐要吃紅燒魚。我真的很喜歡吃紅燒魚啊，再不回家，天就黑了。於是，我轉身從高樓走下來，決定讓今天過去，看看明天會怎麼樣。

從高樓下來以後，儘管還是挫折不斷，卻終於好好的長大了。這樣的經歷，讓我體驗了身處絕望中，是何等荒蕪，於是，我不再苛責放棄生命的人，更想探究原因。

原本我以為，萬念俱灰走上絕路的孩子都和我差不多，是學習成績低落的，近年來卻看見許多資優生輕生，原來，一直以優秀來定義孩子，會有更大的壓力和痛苦。挫折來臨時，也更難以面對。他們或許以為好成績才代表自己的存在有價值，能成為人生的勝利組，不斷追求巔峰，又無法面對這不完美的世界，最終成為毀滅的悲劇。

如果我有孩子，想對成長中的他們說，學習成就絕不能定義你，也不能否決你，更不該剝奪你的生存意志。你的存在無比珍貴。

人生的目的是經歷，不是死亡

在小學堂的課堂上，我問那些國中生：「人生的目的到底是什麼？」

那個總是反應敏捷的女孩搶先發言：「死亡啊。」

她的響亮清脆的回答引起一陣笑聲。

我笑著點點頭，對他們說：

「每個人都會死，但如果我們生在這個世界上，為的就是死，何不一生下來就死？為什麼還要長大、變老？活上幾十年甚至一百年？」

少年們似乎也在思考這個問題，他們的臉龐顯得有點嚴肅。

「死亡是終站，但不是目的。我覺得人生一世，為的是『經歷』。不管是好的、壞的、成功的、失敗的、快樂的、悲傷的……這些都是可貴的經歷。」

等待親手種下的植物開出第一朵花；輕撫著心愛的寵物嚥下最後一口氣；第一次靠自己騎上腳踏車；參加畢業典禮後依依不捨擁抱同學；在榜單上找到自己的名字；失戀後沿著河堤走長長的路；在親友的環視下戴上閃亮的婚戒。彷彿昨天才推著娃娃車，帶小兒女去散步；今天便推著輪椅，陪老父母晒太陽……這些就是經歷，每一個經歷都讓我們的生命更完整、更豐富。

我常想著那些登上高樓、縱身下墜的年輕生命，到底是什麼讓他們還沒盛放就已經枯萎了？為什麼沒有一根絲線可以牽住他們？想來，也是和經歷有關吧。

從小到大，每天早晨起床，我和家人都會互道早安，問候昨晚睡得可好。大學時有個同學在我家借住了一個星期，她覺得最不可思議的是，「為什麼大家都跟我說早安？還問我有沒有睡好？你們家怪怪的。」她說在她家裡，從來不會說「請」、「謝謝」這一類的話，當然更不會問候早安，都是自家人，又不是客人，幹嘛那麼客氣？

我的母親直到現在看見我下班回家，必然會問我：「吃過飯了嗎？今天過得順利嗎？」不管一年四季她都會問：「外面冷不冷啊？」就算是有認知症，她還是很關心家人。從小到大，我確定家人是互相關心的。

同學借住我家時又發現一件怪怪的事，那就是父母之間竟會開玩笑，我們常為了一件微不足道的小事開懷大笑。「我們家很少有笑聲，我爸覺得事情都沒做好，有什麼好開心的？」她和家人在家裡都很嚴肅，很少聚在一起看電視或是聊天，都是各自回房做自己的事。當我們叫她過來圍桌吃水果，或是玩桌遊，她覺得很彆扭。過了幾天之後漸漸習慣了。

「原來家人聚在一起，不用這麼嚴肅。」她說：「我希望以後自己有了家庭，也可以這麼開心。」

關心與開心，便是我的經歷，也是在艱難時刻牽住我的那根絲。

人們對於成功總是津津樂道，對於失敗則絕口不提，如果有魔法，甚至希望所有人都忘記。其實，失敗是比成功更可貴的經歷，它標記出我們的勇於嘗試、敢於冒險。若是不允許孩子失敗，他們會以為失敗是不可犯的錯誤，只能挑選安全的、絕不會失敗的道路去走，這樣的人生旅程不是太單調了嗎？

那些激動人心的戲劇或小說，主角都是從最低點開始往上爬的，必定要失敗，跌入黑暗的深淵，而後才能看清誰是真正在乎自己的人。為了這些愛，願意重新奮發，走別人沒走過的路，看別人沒看過的風景。看戲的人會記得的，並不是最後的成功，而是主角奮起的身影、自信的光芒。如果一開始就成功，一路過關斬將成功到最後一分鐘，這種劇情誰想看？成為自己生命中的主角，失敗這種經歷絕不可少。

兒童心理學家布魯諾．貝特爾海姆（Bruno Bettelheim）曾說：「即使是兒童在學校裡讀的書，也把人生描寫得像是只有一連串的愉悅而已，沒有人眞的憤怒，沒有人眞的受苦，完全沒有眞實的情緒。」

如果我有孩子，我會對他說，來到人世走一遭，不管好的、壞的、快樂的、悲傷的，都很真實，不要逃避，生命經歷值得好好體驗。

你期待今天的工作嗎？

東京品川車站，每天聚集了成千上萬趕著去工作的人們。日本人工作時的穿著往往是西裝或套裝，看起來拘謹嚴肅，多半的時候都是面無表情。

這一天，在走廊上懸起了一張張的廣告看板，上面寫著：「你期待今天的工作嗎？」這其實是一個人力仲介公司的創意廣告，用意很明顯——如果你覺得滿意，那當然很好；若是你覺得不滿意，就讓我們幫你轉換喜歡的工作吧。

這樣的一句問候語，竟然激起了上班族的熊熊怒火：「必須工作已經很不滿意了，竟然還被問是否期待？」

「去上班就是最不高興的時候，這樣的問候，讓人氣爆了。」來自四面八方的怨念太深，逼得人力公司火速撤下廣告，負責人還出面道歉。只有短短一天的廣告看板，依然餘波盪漾。而我心中的漣漪也還沒平息。

我去台中演講時，問了在場觀眾這個問題：「這樣的廣告看板會激怒你嗎？」或許因為大部分都是中年人，已經與生活有了某種程度的和解或理解，他們都表示這句話沒有什麼令人生氣的地方。

我想到了美國詩人、作家葛楚．史坦（Gertrude Stein）說過的話：「每個人每天所做的事都重要而莊嚴，所住的地方都美麗而有趣。」

很多時候，我們覺得他人的生活才是充滿樂趣與意義的，自己的一切則乏善可陳，我們並沒有享受人生，只是默默忍受而已。然而，什麼樣的工作會是充滿樂趣與意義的呢？演講那天，我發現全場最熱情投入的是志工朋友，他們的紅背心與花白的髮色相映，真誠的笑臉像盛放的太陽花。既不求名，也不圖利，是什麼令他們看起來如此美麗而莊嚴？

我記得大疫降臨前的最後旅行，去了深秋的北海道，我和旅伴們拋開網路上的美食推薦，憑直覺走進一間只有當地人才去的餐廳。餐廳有一處吧檯是專門烤魚的，一位精瘦的師傅專注凝視著眼前的花魚，不顧其他。他和烤架上的魚彷彿已建立起默契，翻魚的時機掌握得剛剛好，只見他氣定神閒的站立著，魚將烤好時，他拿起一支銀色金屬長針，刺進魚身，而後再輕觸自己的下巴，便能探測出烤魚的溫度是否達到標準，真正的魚人合一，我看得目不轉睛，忍不住在心中讚歎：「好神啊。」

我們不一定知道自己喜歡的工作是什麼，也不見得能從事真正喜歡的工作，然而充滿樂趣與意義的工作卻是無處不在的。並不是工作本身有多麼獨特，而是我們願意花費多少時間、心力與熱情去成就。是生命的投入，使得這份工作與眾不同，每一天都值得期待。我們期待的也不見得只是工作，而是生活，是那個有無限可能的自己。

工作夥伴W有段時間經常網購，取貨地點就在她家樓下的便利超商，超商裡有個年輕男店員，總是熱情的和大家打招呼。每當W走進超商，他就會提醒：「今天買的東西到囉，記得帶回家。」又或者是「今天沒有妳的東西喔。」有時也會關心的問：「妳不記得自己買過這個？要不要幫妳退回去？小心詐騙喔。」

W提到那個男孩很開心：「他簡直就是我的好朋友，很關心我耶。」

W對這個好朋友讚譽有加，說他對老人家很有耐心，還幫忙照顧放學後來超商做功課的小朋友。

「感覺可以選里長了。」我開玩笑的說。

「他如果出來選，我一定投他。」W的表情看起來很認真。

過了幾個月，W悵然若失的說：「我的好朋友不見了，我已經一個多星期沒看到他了。」我安慰她應該是休假吧，又過了一個星期，W問了其他店員，確定好朋友已經離職了。

「不知道他去了哪裡？不知道他現在從事什麼工作？但我相信不管做什麼，他都能做得很好。」W這樣說。

我相信她說的話，因為那個好朋友投入工作，用熱情點燃了周圍的人。每一天都顯得意義非凡。

都是疫中人

二〇二一年五月中旬，我和工作夥伴按照原定計劃，驅車前往新竹的山林，進行一場野宴。我們像飛出籠子的鳥雀，開心的在營地裡說說笑笑，一邊烤肉嫌火不夠旺；另一邊忙著撲滅因肉油而引發的小火災。我們把燒餅烤得酥酥脆脆，把湯圓烤得爆漿，笑聲直衝雲霄，彷彿那是最後一場狂歡。

下午收拾好雜物，上了遊覽車，司機打開收音機，便傳來了疫情升溫、三級警戒即將開始的消息。車裡變得沉默，沒人說話，靜靜看著窗外掠過的水色與山光。心中有種奇異感，像是從夢裡醒來。

那一年，全世界陷入疫病風暴中，而我們卻是遺世獨立，不受侵擾的，彷彿在一個平行世界，過著自在安心的生活。此刻，甦醒在惶惑不安的現實裡，無人可以遁逃。

這場夢正是從二〇二〇年初春開始的，當新冠病毒於對岸大流行，我們在新聞畫面裡看著他們封城、淨空的街道、驚恐的面容，當然可怕，卻還是隔著點距離的。

而後，某天夜裡，我的香港醫生朋友在臉書貼出幾個字：「一九一八西班牙大流感」，沒有多做解釋。我順手查了一下，一九一八年的大流感，兩年之間，全球有三分之一的人感染，死亡人數高達五千萬左右，連台灣也有四、五萬人死去。看起來真的相當嚴重，然而，我樂觀的想，無論如何，一百年過去了，絕不會像當年那樣失控與無措。

到底是忘記了，或是不願想起，數千年來，人類的歷史就是永無止境的循環與重複。

三級警戒開始，社交距離拉開，人與人的關係愈疏離愈安全。匱乏與囤積令心中的不安充分顯現，排隊領口罩、搶購衛生紙、為家中長輩打電話預約疫苗，為自己和同事朋友四處找殘劑，那些焦慮難以忘懷。

我記得二〇二〇剛過完農曆年，到處買不到口罩，偏偏每個星期要陪老父母去醫院一、兩次，那時的焦慮煩躁心情。身邊好友將自己的口罩遞送到我手中，並且說：「好好保護自己。」那樣鄭重的眼神。

我記得剛開始領到口罩，只有淺藍與綠色，看見諮商心理師許皓宜竟然戴著豹紋口罩來上節目，不免羨慕，她說是之前在網路買到的，立刻分贈一疊給我，滿足了我的小小虛榮。從此，大家都知道了我的標新立異品味，於是，交換口罩的活動展開，每個星期都有人跟我換口罩，包括小學堂的孩子們，深紫、淺紫、斑馬紋、彩色豹紋、鮮黃、粉紅、丹寧色。

就這樣，口罩戴出了情義，戴出了樂趣。我也才知道有許多人無法接受有花色的口罩，只戴淺藍或白色的。

記得莫德納疫苗終於抵台，我為老父母打電話去衛生所預約，除了我和阿妮，還請工作夥伴幫忙。早上九點開始，不斷重撥再重撥，到了十一點半終於接通了。

「喂？喂！」我聽見自己緊繃的喉嚨發出拔尖的高音：「我打通了嗎？我打通了嗎？」

對方的聲音聽起來也很高亢，帶著笑意：「對喔對喔，妳打通了，要預約疫苗嗎？」

預約完成之後，我無比赤誠的向對方表示謝意：

「謝謝您！辛苦了，非常感謝。」

「不客氣喔，恭喜恭喜。」

掛上電話之後，高興得尖叫，跑去和父親握手，好像是我高票當選了一樣。接著又把好不容易搶到手，視若珍寶的那盒普拿疼拿出來反覆確認，維他命C、椰子水、大罐飲用水，我們的接種接力賽展開了。

朋友傳來三級警戒期間，車水馬龍的地區宛如一片空城的照片，這種自動自發的「自肅」，一面令人感動，一面也為店家擔憂，果不其然，關店倒閉潮在幾個月後如大浪來襲。

為了減少外食的染疫風險，許多不下廚的人只得自炊自煮，如何簡單美味的料理一餐，成為朋友之間相互分享的熱門影片。竟有幾個朋友自此愛上烹飪，可說是疫中人的升級版。

教書的朋友們大量擴充了自己的線上授課配備，有柔焦效果的攝影機、可以打出蘋果光的燈具、自然又遮瑕的粉底霜，朝向網紅的道路邁進。停課期間原本是用錄影方式錄製課程、讓學生觀看教學影片的我，發現這樣的線上狀況可能還要持續一段時間，也只能認真學習Google Meet，買了新的平板，日日練習操作，成為疫中人的2.0。

疫中人宅在家，令許多家庭的冰山浮出海面，無法再忽視。在家裡工作的老公知道了長照的辛苦，再也無法對老婆的抱怨置之不理。

「她不喝水，妳就要哄她啊，好好跟她講嘛。」曾經，認知症的母親不喝水，老公只當成「婆媳問題」看待。當他自己跟母親好說歹說，母親依然不動如山，竟忍不住的崩潰大喊：「妳為什麼都講不聽啊？」

母子二人鬧僵了，母親氣憤得要離家出走，還是由媳婦出面安撫，淡淡的對老公說：「你用不著這麼激動，其實每一天都是這樣的，好好哄她，大吼大叫沒有用。」老公冷靜下來才發現老婆真不容易，終於心懷感激。

孩子在家裡上遠距教學課程，父母卻都要上班，只好把孩子送到阿公阿嬤家暫住，讓阿公陪著孩子上課，吃著阿嬤的拿手菜。而父母身心俱疲回到家，完全不用照顧孩子，竟然享受起兩人的甜蜜時光，真是始料未及。原本不喜歡孩子跟長輩太過親近的媳婦，突然發現，世界上有著無條件為孩子付出的人，真是太幸福了。

曾經好幾次到學校抗議老師不會教的家長，整天與孩子在一起「居家」，才發現所謂的「天倫樂」一點都不樂。孩子的專注力不足、懶散拖延、過動狂躁、大吼大叫，一刻也無法安靜，怎麼都講不聽。

「沒辦法把孩子送去學校，也不能送去安親班，我快要進精神病院了。」哀號聲此起彼落。

等到孩子終於可以重返學校，家長看著老師，覺得他們的身上有著救世主的光芒，無比祥和，充滿救贖的療癒力。忍不住發自內心的說：「老師辛苦了，一切拜託您了，感謝老師。」疫情之中，原本已經很低落的教師地位突然提升不少，真是令人欣慰。

在疫情籠罩下，世界按下了暫停鍵，許多計劃都泡湯了，那些預約好要做的事都只能取消。這才發現過去的日常——想做什麼就做什麼、想去哪裡就去哪裡，原來是那樣奢侈。

將來有一天，疫情成為歷史，我們會記取教訓而更懂得珍惜日常嗎？應該是不會的，因為歷史就是永無止境的循環與重複。

貳

／

家，不是一個地方

家，是人生的避風港？
對許多人來說，家，其實是風暴的中心。
家庭無法滿足我們，甚至造成心靈的創傷與匱乏，
於是，長大以後，
我們為自己打造一個家，重新成長一次。

家，不只是講愛的地方

和好友聊到「離家」的感受，他說起一位馬來西亞的朋友，雖然已經來到台灣居留二十幾年，有了穩定的工作，結婚生了孩子，但是，依然沒有買房子定居的打算。「總感覺台灣不是自己的家，好像要回到那個潮溼的雨林，才會有回到家的感覺。」

接著，好友說起自己，已經從島嶼南方遷居到台北近三十年了，他念完大學，留下來工作，也買了自己的房子，可是，每天回家的感覺就像在旅館 check-in，出門工作又像是 check-out。我問他，回到南部的老家，會不會有回到家的感覺呢？

「每一次，我都以為回到南部就是回家了。可是，真正回去了，才發現依然不是。」

而後他問我：「曾經在香港居住的日子，妳覺得那是妳的家嗎？」

「是啊。」我回答：「只要我在哪裡住著，哪怕只有短短幾天，當我推開門的一瞬間，便有了回家的感覺。」

「所以，家，並不是一個地方。」

我們得出了這個結論。

「家，不是講理的地方，是講愛的地方。」

不知從何時開始，這樣的論調受到高度認同與歡迎。彷彿只要有愛，任何困難險阻也能化解，一家人從內心到眼神都閃耀著愛的光輝，彼此籠罩，相互浸潤。

但我總覺得有些違和感，家人彼此相親相愛，當然是沒問題。可是，「不講理」也是可以的嗎？

我的朋友茉莉婚後好幾年，歷盡許多辛苦，到了四十歲才生下兒子。兒子不滿一歲，她發現了丈夫外遇，還與那個女人生下了一兒一女，這件事對她的打擊很大，整個人暴瘦，罹患了憂鬱症。茉莉的母親將外孫接去照顧，晚上才送他回來。某一夜，吃藥睡著的茉莉，感覺到有一隻手輕撫她的臉頰，她從眠夢中醒來，發覺自己流著淚，不到兩歲的兒子匍匐在她身邊，縮成小小一團，正溫柔的幫她拭淚。她一下子醒了過來，不是從睡眠中，而是從人生頹唐失意的自怨自艾中，猛然警醒。

成為一個母親，是她一生最大的渴望，而在她如願以償後，卻是如此對待兒子與自己。

茉莉抱著兒子，痛哭失聲，那一夜，是她的重生。自此以後，她與兒子的關係非常親暱，直到兒子上了國中，他們才分房睡；兒子要求自己上下學，才不再接送。想不到兒子上了高中，母子之間卻一直發生衝突，兒子想參加熱舞社，茉莉建議可以選擇更「提升」身心靈的社團；兒子想念環保方面的科系，茉莉覺得醫生、律師這一類的工作更有就業保障。為此，他們漸漸不說話了，茉莉按捺不住，她叫住週末出門的兒子：

「你沒有話要跟我說嗎？」

「我去補習。」兒子低頭穿鞋。

「補習有那麼重要嗎？」

「妳叫我去補的，我可以不去嗎？」兒子轉頭看她，眼裡只有一層冰。

「我到底哪裡做錯了？我都是為你好。」

兒子用力甩門出去，留下滿腹委屈與憤怒的茉莉。

近午時，補習班打電話來，她才知道兒子沒有去上課。當她四處打電話找人時，前夫來電告知兒子在他那裡，說要在爸爸家住幾天，前夫會幫他回來拿書包和衣物。

「我對他的愛還不夠嗎？他怎麼可以這樣傷我的心？他去他爸那裡日子過得可爽了，有爸爸、姐姐、哥哥，他是不是要叫那個女人『媽』？」茉莉在電話裡一邊哭，一邊擤鼻涕。

「妳就當作自己確診了，必須和兒子隔離幾天，正好輕鬆一下。」我只能這樣安慰她。

等她心情稍微平復些，我才對她說：「那句話，以後別再講了。」

「哪句話？」

「『我都是為你好』這一句，妳不知道嗎？那是『一秒惹怒家人』的第一名。」

「我是真的為他好啊，他現在還小，不明白我的用心，等他長大了，就會感謝我了。」

「這句話，就是不講理。」我慎重的說。

「我都是為你好」，這句話有著豐富的意涵。

它通常出現在親子之間意見不同的時刻——孩子的意願被否定，家長果斷執行自己的意願。

孩子會覺得自己不夠好，自己的喜愛與選擇也不好，無法獲得理解及認同，家長的決定才是唯一的真理。

沒有經過溝通與了解，家長以為孩子既沒有人生經驗，也沒有前瞻的眼光，當然只能由家長來決定。

其實，並不是所有的孩子都明白自己的喜愛與追求。對自我有感知與了解的孩子，是一種天賦，他們無法走在適性的道路上，而被扭曲了意志，是最令人遺憾的事。

茉莉的兒子為了對母親的愛，只能一樣一樣的刪除自己，並努力填充那些並不屬於他的東西。茉莉所安排的那些對他有幫助的事，其實也不是完全確定的。未來的世界變化何等快速與劇烈，許多職業將會消失，同時，嶄新的職業不斷產生，誰能準確預知五年、十年後世界的樣貌？人們生活的方式？

「我都是為你好」，只能視為一個充滿愛的動機，一旦執行起來結果不見得盡如人意。

我和茱莉分享了一部電影《幸福入場券》，由茱莉亞．羅勃茲（Julia Roberts）與喬治．克隆尼（George Clooney）主演，兩個好看的中年人飾演一對離婚多年的怨偶，原本要當律師的女兒去峇里島旅行，竟然決定嫁給當地人，留下來過生活。這一對離異夫妻飛往峇里島，表面上是參加婚禮，暗地裡進行著棒打鴛鴦的陰謀。他們當然愛女兒，所以不能看著她斷送自己的前途。幾番轉折之後，茱莉亞．羅勃茲明白了自己的「都是為你好」，只是一廂情願。她坦誠的向女兒致歉，自嘲的說：「妳知道，父母親總是會為兒女做所有的事，除了不讓他們做自己。」

茉莉聽完之後，安靜的沉默著，沒有說話。

家，不只是講愛的地方，更需要講理。講理，是我們對於所愛的保護，也能讓彼此有真正的理解與包容。

曼娟老師直播極短篇
【家是講愛也講理的地方】

家，不是公平的地方

疫情三級警戒期間，居家上班的父母遇見最大的難題，就是孩子在家上線上課程。一直覺得老師不夠稱職、不夠認真的家長，經過幾個月的實戰體驗，終於明白老師難為，而且確實很不簡單，內心油然而生感激與尊敬。

因工作而結識的阿倫和太太育有三名子女，居家上班上學那段日子，每天都有爭吵與哭聲，他舉了一個例子說明。太太在開線上會議，他正在電腦繪圖，老大牽著哭哭啼啼的老三來告狀，說是老二搶了老三的電玩，他喊了老二過來問：「為什麼要搶弟弟的電玩？還給他！」沒想到老二的臉全擠在一起，憋不住的放聲大哭：「為什麼都是我的錯？你們不公平！」

阿倫忍不住拍了桌子，一團火燒起來：「每次自己做錯事就說我們不公平！我們哪裡不公平？你看爸爸媽媽為了你們這些小孩，每天沒日沒夜的工作是很輕鬆嗎？」（以下省略失控的十分鐘。）

「你們不公平」，大概是「一秒惹怒家人」的第二名吧。

電玩的事已經不重要了，公平不公平成為了新的戰場，直到阿倫的太太匆匆結束會議，趕赴戰場，試圖緩頰，她向老二伸手想擁抱他，但老二漲紅了臉，憋住哭，哽咽的說：「爸爸愛姐姐，媽媽愛弟弟，沒有人愛我，沒有人愛我……」太太立刻衝過去，將老二緊緊抱住：「媽媽很愛你，爸爸也很愛你。」太太用眼神示意，讓阿倫也過去擁抱孩子，但他卻無法移動，孩子的話觸動了他，他也是原生家庭的老二，他也曾經覺得自己是最不被愛的孩子。

老二從肺腑中迸出的每句話，也曾是他的心聲，而他怎麼就忘了呢？在老三還沒出生前，老二就是備受寵愛的老么啊，只是老么突然來了，老二必須要讓出父母的注意力與照顧，不由分說的升格成為哥哥／姐姐，縱使他還年幼。

當孩子們出現爭執時，家長只想盡快解決紛爭，哪裡能顧到這些細微的枝節呢？阿倫覺得自己像是站在瀑布下被狠狠沖刷，很多事都透徹起來了，當年父母親並不是不公平，只是排行限制了一些事。

吶喊著不公平的是現在的老二，也是以前的他自己。在太太的眼神已從溫柔變為淩厲時，他垮下肩膀，抱住老二，沉聲哭泣起來。

他一哭，太太也哭，三個孩子都哭了。

臨睡前太太有點無奈，又有點不解的問他：「我是叫你快來抱抱老二，你哭什麼啊？」

但他覺得那一天，全家人緊緊抱在一起，哭成一團，內心深處的硬瘡疤卸下來，是疫情期間最珍貴的時刻。

除了排行之外，家裡的不公平還表現在性別、性格、長相、人生成就各方面，但我覺得最難以忍受的則是「手足風險」這一項。有許多名人固然自己表現得可圈可點，卻因為不肖手足沉迷於豪賭，欠下高利貸，不得已被迫幫忙還債，弄得身敗名裂，苦不堪言。

還有一種手足風險，並沒有人做錯事，卻還是讓人感到窒息。曾經追過一齣韓劇《雖然是精神病但沒關係》，劇中有一對兄弟，自閉症的哥哥尚泰與負責照顧哥哥的弟弟鋼太，小時候就失去了父親，而後母親意外死亡，兄弟倆只得相依為命，當時，尚泰是個少年，鋼太還只是個孩子。尚泰是母親死亡現場的目擊者，他看見了蝴蝶的意象，自此，每到春天便做惡夢，被蝴蝶追殺，弟弟只好帶著他不斷遷徙。鋼太要找工作養活自己和哥哥，他們沒有固定的居所，沒有安定的生活，這樣的負擔真的太沉重。

我想起曾經有首英文歌曲，感動了許多人，〈他不重，他是我兄弟〉（He Ain't Heavy, He's My Brother）。

「這條路蜿蜒曲折又很漫長，誰知道我們將去向何方？但我很強壯，強壯得足以負荷著他，他不重，他是我兄弟。」

年輕時，聽著這首歌常感動到眼中泛淚。如今重聽這首歌，感受到的不再是愛與承擔的浪漫，而是殘酷的現實與無奈。這首歌的靈感來自一九三〇年代的美國，當時經濟蕭條，一對小兄弟父母雙亡，只好投奔到孤兒院，半路上吃光了食物，又餓又累，弟弟說他走不動，再也不走了。哥哥只好背起弟弟繼續向前，接近孤兒院時，一位神父跑出來，想要接過弟弟，並且問：「他很重吧？」哥哥說：「不，他不重，他是我兄弟。」這樣的回答感動許多人，也催生了這樣一首歌。

然而，孤兒院就在前方了，他們的救贖已經在眼前，再努力撐一下，是可以做到的。而鋼太的救贖在哪裡呢？他已經三十歲出頭，哥哥都快要四十歲了。

鋼太沒有自己的人生，不能擁有情感關係，無法憧憬未來。他的記憶始終停留在童年時母親醉酒，抱著他哭泣，並且說：「媽媽生下你就是為了哥哥，你要照顧哥哥啊。」這是多麼殘酷的「愛的宣言」。對長子有愛，對次子卻只是剝奪而已，次子甚至不能當一個完整的人。

他是哥哥的守護者，也是哥哥的附屬品。

因此，當我的十五歲學生說：「這個故事超浪漫的。」我久久無法回答，我一點也不覺得浪漫，這明明就很驚悚，非常殘忍。不只是無微不至的照顧哥哥，負擔起一切經濟責任；當他好不容易愛上一個女孩，想要追求幸福，卻被哥哥阻止。「鋼太，鋼太是我的。」哥哥霸道宣示，他也只能妥協。

雖然最後結局符合萬眾期待，峰迴路轉，哥哥突然想開了，他並不是失去鋼太，而是多了一個妹妹，讓家變得更完整。也藉由哥哥的往事回溯，讓鋼太發現媽媽並不是不愛他，只是他一直沒發現這隱晦的愛。我卻只看見照顧者的苦澀與悲哀，也認為有愛沒愛、公平不公平，真的是如人飲水，冷暖自知。

人生苦短，既苦又短。我們為手足背負的擔子該有多重？該有多久？我的看法很自私，我認為人生在世，只要對生我的、我生的負責，已經仁至義盡了。

家，不是整齊的地方

「看看你的房間，這是垃圾場嗎？要怎麼住人啊？拜託你整理一下好不好？」

當我們用最舒服的方式窩在自己房間，完全放鬆，享受著一個人的好時光，常常會被這樣的喝斥聲嚇得頭皮發麻。

「垃圾場」還可以替換為「回收站」或是「廢墟」又或是「豬圈」……根據我的不專業民調，「這是垃圾場嗎」，應該是「一秒惹怒家人」的第三名。

每個人對居家環境要求不同，對我來說，想找的東西都能立刻取得，是最方便的。所以，我的床上有枕頭、被子、毯子、睡衣，季節交替的時候就更熱鬧了，既有涼被又有毛毯，早晨睡醒時，常發現涼被或毛毯已經被踢到床下去了。如果只留下涼被，我會擔心半夜轉冷了，還要開櫃子取毛毯，不是很麻煩嗎？只留下毛毯的話也會有同樣的憂慮，索性都留在床上，一夜好眠。

出門上班時，我的拖鞋會留在門口，而不是收進鞋櫃。常常穿出門的兩、三雙鞋，也會放在鞋櫃外面，由此可知，我不是一個居家環境整潔、收拾得一塵不染的人。

和初識不久的朋友聊到，我的房間如果收拾整齊了，撐不過兩個月，又會回復到原本狀態。「想找的東西都能找到嗎？」他很好奇。我告訴他幾乎都能找到，他笑著說：「那妳就是亂中有序啊。」我喜歡這種說法，可惜，許多人只能看見混亂，卻看不見隱藏其間的秩序，尤其是同住的家人。朋友後來認真對我說：「就是因為這樣，妳才能成為一個創作者啊。」我知道的是，不太整齊的環境，讓我比較放鬆。然而某些人覺得，不整齊的環境，會令他們緊繃。

假設有這種內務不完美的家人，身為家長的總是要想法子去改變，卻又為了難以改變而挫折苦惱。

日本腦科學研究者黑川伊保子（Ihoko Kurokawa）在《家人使用說明書》中有一段精采論述，她認為「性情不定」、「喜新厭舊」的人是具有創造力的；「拖拖拉拉」、「漫不經心」的人善於策略思考……最後的結論是「只要缺點消失，優點也會跟著弱化。」這樣的見解，應該能給苦惱的家長一些啟示吧。

去國外旅行時，我喜歡住在Airbnb，窩在沙發上待很久，沙發上的大小墊子堆疊著，有時枕著頭，有時把腳墊高。厚厚的羊毛披肩隨意散放，雜誌從茶几滑到地上，感覺那是有人真切生活過的地方，彷彿剛剛起身出門，又或是在同一個空間但看不到彼此。

不管在別人眼中，是「垃圾場」、「回收站」、「廢墟」或是「豬圈」，都沒關係，看不順眼的人盡量少進去，眼不見為淨，也是一種尊重。身在其中的人感覺安穩、舒適、自在，那就是家最好的樣子。每個人在家裡都該有自己的空間，如果那個零亂的房間，是家人的私密空間，就讓他放心的待在那裡做自己吧。

家，不只是被愛的地方

我們總覺得，家就該是一個不斷提供愛的地方，然而，這源源不絕的愛到底是哪裡來的呢？

前些年在大學教過的學生裡，阿良是令我印象深刻的，想當年擔任導師，慣常請學生吃午餐或下午茶，只有他問過我：「導師費怎麼夠這麼多人吃飯？老師妳虧本了吧？」後來才知道，他的父母早就離異了，他的生活費都靠自己半工半讀，所以很有金錢觀念。

有一次他來研究室找我，說要請假返鄉一個星期，因為父親突然肺癌去世了。那天我們聊得比較多，他才說起小時候父母吵得很凶，他都跑去姑姑房間，讓姑姑抱著才能入睡。後來姑姑離鄉北上教書，來台北找姑姑就成了他生活的目標。姑姑帶著他吃牛排，逛百貨公司買衣服鞋子，姑姑總是讓他揣著一個厚厚的紅包回家。每年過生日，姑姑從沒錯過，一定會寄禮物給他，而且都是他喜歡的。

姑姑買了房子，特地留一個房間給阿良，在他重考大學那年，就住在姑姑家裡。雖然姑姑工作忙，他也為了補習早出晚歸，有時幾天也見不到面，但是看著姑姑將他們倆的衣服洗好，晾在後陽臺上，隨風飄搖，他覺得那就是家。

可能因為我也是姑姑，這個生動的敘述令我印象很深刻。

好幾年後在上海新天地，阿良叫住了我，他已經來上海工作五年了，我們在微涼的淺秋梧桐路上敘舊，我隨口問起他的姑姑，他說好久沒見面了，偶爾回台灣很多朋友要見、很多事要處理，只好等下次回去再說。

可惜人生並沒有太多的下次，姑姑罹癌的消息是堂妹告訴阿良的，當時他剛從上海回到台灣工作，狠狠加了三個月的班，聽到消息時已是癌末了。趕到安寧病房見姑姑，姑姑的樣貌與他記憶中完全不同，他才意識到，真的好幾年沒見了。

姑姑終身未婚，卻有許多教過的學生輪流在病榻前侍病。自從姑姑確診肺癌，便是由學生在群組中傳遞消息，接力化療、標靶，陪著她走過一程又一程。阿良向她們道謝，她們說：「十幾天才輪到一次，一點也不辛苦，只希望能陪得更久一點。」阿良向姑姑問了那個很艱難的問題：「為什麼妳都沒跟我講？」姑姑看著他，沒有說什麼，只是疲累的閉上眼睛。

那是阿良最後一次見到姑姑。

為什麼不告訴我？我們不是家人嗎？從小妳那麼疼我、那麼愛我，為什麼在這個緊要關頭卻不告訴我？我什麼也不能做，我什麼也不能為妳做。辦完姑姑的告別式，阿良陷入無邊的痛苦與愧疚中，他開始失眠。

坐在我面前的阿良十分憔悴，他還是困在那個無解的難題中，雖然一切看似結束了，他仍無法自拔。

「我爸過世了，我媽再嫁，這個世界上和我最親的人就是姑姑。我一直以為她很愛我，但是，她好像沒把我當家人，這麼重要的事，她竟然沒告訴我。」

我問阿良，這些年來他和姑姑是否比較疏遠了？他說可能因為他是男孩子，比較粗枝大葉，平常沒事也不會特別聯絡，再加上去了上海幾年，確實不像以往那樣親近了。

「如果我是女生，也許就會好一點？我看那些女學生跟姑姑的感情超好，真的好像一家人。」他給我看了一些照片，圍繞著老師的學生們也是中年人了，她們為老師慶生，跟老師去旅行，唱KTV，老師在學生的簇擁下笑得很開心，就連化療後戴著頭巾仍然開懷大笑。不知為什麼，我的眼眶有點潤溼。

「姑姑一定是個很棒的老師，學生才會這麼愛她。」我說。

「我姑姑就是一個很好的人。」阿良嘆了一口氣：「只是，我也不知道最後怎麼會這樣？」

我不知道是否應該告訴他，姑姑一直付出許多愛，只是沒有等到他的愛，於是不再等待了。許多人對愛有誤解，以為接受愛就是愛，其實，付出愛才是愛。

源源不絕提供愛的，是願意為彼此付出愛的人，那才是真正的家人，血緣從來不是必須。

家，不是遺忘的地方

我的學生阿良在姑姑離世之後，悲傷才千絲萬縷的浮現出來。

「每年我生日，姑姑一定會寄卡片和禮物給我，雖然這幾年她已經不了解我的喜好和需要，還是堅持這麼做。去年，她沒寄給我，我以為是因為她太忙，忘記了，原來是她在做治療。今年和以後，再也不會收到了……」

在阿良的生命裡，姑姑是他唯一的家人，如今，永遠的失去。

真正的家人就是這樣，對於自己在意的人，是不會輕易遺忘的。當家人離世，我們生命的一部分也就隨之而去了。

我的父親不是善於表達感情的人，也有些固執，他對飲食口味有很高的要求，就算是普通的食材也得烹調出醇釀的美味。小時候家庭環境不好，父親常為我們料理酸菜黃魚煲，這樣的經歷我在《黃魚聽雷》裡描寫過，許多讀者看了這本書便對酸菜黃魚煲有了憧憬。父親說，那個年頭買的都是不新鮮的小黃魚，為了遮掩腥味，炸了之後再用酸菜和蠶豆去熬煮，到了這個時代，誰還吃那些不新鮮的東西，有這麼多好魚可以吃。

父親後來的醬油燒鱈魚也是一絕，連盤子裡燒煮成黑色的蔥段都那麼好吃。姪女蕊兒從小就喜歡這道菜，每次回來探望爺爺、奶奶，爺爺必定會料理這道菜，放在蕊兒面前，微笑的看著她吃光光，這種專寵持續好些年，直到爺爺摔斷了腿，無法再進廚房做飯了。

我的朋友姚華說她小時候罹患百日咳，咳到吐，無法進食，阿嬤從鄉下來，為她帶來許多土梨，用冰糖煲給她喝，她喜歡甜甜的滋味，還有阿嬤坐在床前餵她喝梨水的溫存。後來這成為一種儀式，胃口不好的時候，喝梨水；中暑的時候，喝梨水；摔了一跤，喝梨水；明天要考試，喝梨水，只要回鄉下看阿嬤，就有梨水喝。

阿嬤騎車去買菜，被公車撞倒，昏迷了幾日，而後甦醒，家人都回去探望，滿滿一屋子，阿嬤的眼神越過大家給她打了一個暗號，她收到了，歡快的去電鍋裡取出一碗梨水，喝了一口就愣住，梨水是鹹的。這是阿嬤受傷的後遺症，分不清鹽和糖，但她怎麼還會記得煲梨水這件事呢？姚華坐在廚房裡，一邊喝著鹹梨水一邊落淚。

「那個梨水真的好鹹啊，不知道是阿嬤放了太多鹽，還是我流了太多眼淚。」多年後她笑著對我說，眼裡仍閃著淚光。

家人就是這樣的，總會記得你喜歡和不喜歡的事物，總會把你放在心上。

我的工作夥伴其實也是我的家人，雖然沒有血緣關係。我們一起工作、生活、旅行……於是，品味與口味也就愈來愈相近了。他們都是肉食動物，我的肉吃得比以往多很多；我覺得青菜是身體的必須，他們也就習慣了一起吃菜。疫情來襲，為了避免外食，我開始在小學堂料理午餐，不久後，夥伴送了我一個電子鍋做為生日禮物，奠定了一家之「煮」的地位。

我覺得喝湯很滋養，常常花兩個小時細火慢燉一鍋湯，原本沒有喝湯習慣的夥伴，因此被養出了無湯不歡的「湯胃」。他們到餐廳吃飯時，喝到各種湯也會想，如果是我來燉煮的話，又會是什麼樣的滋味。

家裡的飲食之味，應該傳承，不該被遺忘。

在市場買到一包削皮切塊的生芋頭，吃火鍋？滷白菜？幾種合適的料理在腦中跑過一遍之後，決定來試試芋頭臘味椰香雞煲。上網找了幾次，有臘鴨芋艿、臘味燒芋頭、芋頭燒雞，偏偏就沒有我想要的組合，那就自己看著辦吧。我將食材羅列出來後，認定了香菇絕不可少。在廚房協助料理的夥伴小白問我，是不是全部丟進鍋子裡燉煮就可以了？

「不是不可以，但我們要追求食材極致的滋味。」我這樣回答。

彷彿食材是選手，我是對它們期望甚高，要求嚴格的教練，開火的瞬間，比賽開始。

雞肉炒香之後盛起，在臘腸與芋頭下鍋之前，我先將香菇特別處理一下。泡軟的香菇切大塊，少油的炒鍋爆香薑絲，而後下香菇，翻炒幾下便入蠔油，接著淋香菇水，稍稍燉煮入味。小白看得十分驚奇，她說一直以來料理香菇都是泡軟丟進鍋裡，不知道需要如此費工。

為什麼會如此費工呢？因為我的母親二十幾年前上過烹飪課，是她教會我「費工」的香菇會有更好的滋味。此刻的母親再也記不得這些事，但，我卻未曾遺忘，化進靈魂裡，傳承給身邊的夥伴，延續著家的味道。

家，確實不是一個地方。

家，是一種心靈感受；一種歸屬感；一種愛的付出與領受。

家，是一種祝福。

為你做飯的那個人

最後的綠竹筍

農會門口總有擺攤賣水果與蔬菜的，三個月前，賣綠竹筍的攤子日日都有，由不同的筍農駐守。

我喜歡吃筍，雖然一直有人說筍子很毒，對皮膚過敏的人特別有害，但我還是愛它脆爽鮮甜的好滋味，尤其是一大清早剛剛從土裡挖出來的筍子。我覺得筍子是最接地氣的，不只因為它從土裡產出，還因為賣筍的人多半把筍放在地上由人挑選。自小生長在綠竹筍產區的我，早就習得挑好筍的方法，好筍不用大，但要肥；好筍不能直，而要彎。

我習慣蹲下來從筍堆裡挑出自己要的，彎而尖的金黃色澤，包裹在暗褐色的泥土裡，看起來特別誘人。我從來不買已經清洗乾淨的，我喜歡買好筍之後，手指上的泥土。

買回家洗淨的筍子，幾乎毫無懸念的放進電鍋蒸熟，涼了再收進冰箱。這是某一年有個筍農教給母親的小祕方，筍子如果不先蒸熟，放一陣子就老了，不甜、不脆、不好吃了。蒸好的筍子可以煮成湯、做成美乃滋涼筍，或者炒來吃。小時候，母親將筍塊放進紅燒雞裡，筍子吸飽了雞汁與雞油，紅褐的色澤、醇醲的香氣，令人垂涎欲滴，我們很快就把筍子吃完了，只剩下雞肉。

有時候母親也買雞骨架來煲湯，再將筍子切厚片一起燉煮，整鍋湯都是鮮甜的滋味。在筍子很便宜的年代，整個夏天都是吃筍的好日子。

來到景美的小學堂上課，市場邊小農整列排開，路上擺放滿地竹筍，我看了一眼，賣筍的老闆娘便聲聲呼喚：「最後囉，已經是最後囉。再來就要等明年囉。」彷彿宣告著：「結束囉，夏天要結束囉。再來就要等明年囉。」我於是停住腳步，在筍攤前蹲下身子。

「常常一起吃飯的，就是你的家人。」這是我相信的事，常常為你做飯的，更是愛你的人。

不知道從什麼時候開始，我為工作夥伴們料理午餐，起初只是試試看，結果他們表現出很大的熱情，飯菜和煲湯通通吃光光，受到鼓勵的我，自此踏上不歸路。為了精進廚藝，參考了許多料理影片和食譜，發揮研究精神，嘗試各種食材與調味。

我的料理或許不錯，但是動作相當緩慢，三菜一湯就能花費整個上午，用過的器具也不善收拾，不一會兒水槽裡就堆滿了。所幸，夥伴們每過一段時間就會進來察看，順手整理清洗，讓我沒有後顧之憂，也從不曾抱怨我把廚房弄得亂七八糟，這應該是我心甘情願擔任廚娘的原因吧。

手指上的蒜味

「那一天，我很努力的為他做飯，他也吃得很開心。可是，當我想要親吻他的時候，他卻把我推開，對我說：『妳手上都是大蒜的味道，很臭。』我覺得自己的心碎了。」

聽到這段話的時候，我是個十四歲的少女，對於愛情是怎麼一回事，還是摸不著頭緒。可是，坐在面前的夢娜阿姨臉上的憂傷與寂寞，卻像那一天的暮色那樣，暈染進我的靈魂。

為愛付出原來可以變得如此不堪與荒謬，我不知道她為什麼要跟我說這些，也不知道自己該如何回應，於是，長長的沉默隨著夜的黑，占領了空間。夢娜阿姨是母親的朋友裡，極少數的浪漫時髦人物，我感到疑惑的是她們怎麼會成為朋友？明明是性格極不相同的人，母親的回答是：「朋友的朋友，後來就成了朋友。」

夢娜阿姨很年輕就結婚，生了個女兒後離婚了，又過了幾年，遇見做珠寶生意的寇叔叔，寇叔叔也離了婚，帶著兩個兒子，因為都是二婚，他們的感情很好，如膠似漆。

頭一次見到夢娜阿姨，她就是帶著寇叔叔來我家吃飯，寇叔叔人高馬大、爽朗熱情，阿姨在他身邊如小鳥依人。當時還在念小學的我，印象最深刻的是，除了吃飯以外的時間，阿姨的座位就是寇叔叔的雙腿。這種黏著度百分百的夫妻，在我們那個年代是很少見的。

他們生了一兒一女之後，情感漸漸不如往昔，夢娜阿姨嫌棄寇叔叔是個老粗；寇叔叔抱怨阿姨的公主病。他們簽字離婚，阿姨去了國外。

幾年後，夢娜阿姨回到了台灣，聽說她本來訂婚了，卻又解除婚約。再見面時，阿姨還是來我家吃飯，她看起來憔悴了些，卻仍像時尚雜誌走出來的。也是那一次，她對我說了親吻與臭蒜的故事，讓還沒戀愛過的我感到傷心。

從那以後，我一直迴避著做飯給人吃這回事，尤其是自己喜歡的人。

我常想，到底有多少人純粹就是喜歡做飯，為獲得料理的快樂而洗手做羹湯？大部分的人都是為了別人才下廚的吧？下廚時的油煙、海鮮與肉類的腥味，一旦沾上便很難去除，如果不是因為愛，又何必如此？

可惜的是，大部分的時候，被餵養的我們都沒意識到，連句「謝謝，辛苦了。」都很吝惜。

一旦養成習慣，便成了理所當然，只在不滿意時才會開口：「好鹹啊。」「怎麼又吃這個？」抱怨時皺著眉頭，令做飯的人感到沮喪。

當母親因認知症無法再下廚，而我成為掌杓的那個人，前塵往事齊上心頭，才從現實中得到了這樣的反省。做飯其實是件苦差事，炎夏的廚房就是苦刑地獄，為你做飯的那個人，是因為愛你。應該一直對他說謝謝，一直吃、一直說，永不嫌多。

叁

／

照顧者的巨大沙漏

照顧者承受著巨大的無力感，
時間的沙漏不斷的把父母的健康、認知、意志流失殆盡，
我每天疲於奔命的伸手去接，
卻只是徒勞。

照顧者的天堂，照顧者的地獄

一把筷子的寓意

品蓉是我所認識的照顧者中，最為幸福的。她的父親早逝，母親有帕金森氏症和中風的狀況，他們三兄妹為母親請了一個印尼看護。

週末時間哥哥會把母親接到家裡住，平常的日子則由品蓉和姐姐值班，為母親掛號、陪診、復健等等，她們從來不會推諉、卸責，任務分配之後，就盡力完成。品蓉曾經說過：「哥哥以前在大陸工作，也不是常常打電話回家的那種人，沒想到三年前退休回到台灣，完全變成一個家長的樣子了。」

照顧母親需要一筆基金，當哥哥擬好預算表，分成三份，三兄妹一人一份，毫無懸念的湊足經費。三不五時會有些瑣碎的花費和事務，哥哥承擔下來，也不與兩個妹妹斤斤計較。

照顧母親三年以來，一切都運行得很順利，家族相聚的機會變多了，大人孩子的感情也變得更緊密。

品蓉說，前些年為了照顧孩子，各忙各的，如今，進入中年之後的兄妹情感竟然有種同甘共苦的融洽與信賴。「以前從來不覺得有哥哥、姐姐有什麼好，現在覺得『手足』這個詞真的很有深意啊。」每當遇到生活或照顧上的難題，只要給哥哥打個電話，就能迎刃而解，心裡有了倚靠，感覺很踏實。

品蓉的姐夫十年前曾經出軌，姐姐好強，從沒透露給家人知道，那段時日，品蓉只是覺得姐姐變得疏遠，卻不知道發生了什麼事。自從照顧母親後，姐姐敞開心胸，對妹妹說了許多體己話，品蓉也把自己經歷過的挫折說給姐姐聽。姐妹倆假日會相約走步道，還會交換親手做的小菜，感覺比閨密更要好。「這是我從來沒想過的，真的很感恩。」

因為哥哥不計較，姐姐敞開心胸，品蓉堅持把本分做好，他們將照顧這件苦差事做得如魚得水，我認為，這就是照顧者的天堂。

可惜，更多照顧者卻置身地獄。沛琦和我一樣，也是獨力照顧者，與父母住在一起，平日裡弟弟都不出現，既不出錢也不出力，連電話問候也沒有。到了過年，才通知要回家吃飯，沛琦在忙碌的工作中還得置辦年貨和年菜，因為父母不喜歡外賣年菜，她只得日以繼夜在廚房裡烹煮著。同時，母親因坐姿不良壓到神經，有些不良於行，在過年前，沛琦帶著母親四處求醫、復健，真可說是疲於奔命。

除夕夜弟弟一進門，看見輪椅上的母親，立刻皺起眉頭質問：「這是怎麼回事？好好的怎麼突然不會走啦？」

狼狽不堪的沛琦一股氣上來：「什麼叫『突然』？你半年沒出現，當然不會知道媽媽怎麼了！」弟弟嫌她態度不好，雙方大吵一架，不歡而散。

不管有多少兄弟姐妹，當父母需要照顧時，逃避的人多，承擔的人少，願意承擔的人成了獨力照顧者，沒有支持也沒有後援。不僅在求醫、陪診的負擔中身心疲憊，還要承接被照顧者所有的負面能量與諸多指責。雖然付出最多，但，只要被照顧者不滿意，所有的錯都怪罪眼前人。眼前人不是不能走，只是心軟，不忍離開。

「不出現的總是最想念，在眼前的卻是被棄嫌。」這是許多照顧者共同的悲哀。

小時候聽過一個故事，家裡幾個兄弟總是爭吵打架，父親病重之際，將他們喚到床前，拿了一根竹筷子，叫他們折斷，很輕易的便折斷了。接著，又拿了一把筷子叫他們折斷，他們耗盡力氣也折不斷，父親嘆了一口氣說道：「你們憑著自己的能力，是很容易折損的，唯有大家團結起來，才不會被摧毀。這就是團結的力量。」

成為照顧者之後，我常想到這個故事，獨力照顧者就是一根筷子，不想被照顧的重擔壓斷，苦苦咬牙撐住，然而，自己一個人的力量是有限的，期望能有一把筷子而不可得，確實辛酸。

悲歌的旋律響起

和老友明秋吃飯時，她問了我一個問題：「如果妳知道某個人正在照顧父母，感覺很沉重，我們應該主動詢問嗎？」

明秋父親早逝，母親與大哥住在美國，身體狀況還可以，明秋離婚後搬回父母的家居住，認識了對門的鄰居。她看過鄰居太太出門買菜；遇過鄰居先生推著輪椅上的老婦人出門；她在大半夜被悽慘的叫聲吵醒；她聽過激烈的爭吵聲，好幾次都猶豫著要不要報警。

倒垃圾時常遇見鄰居太太，終於忍不住詢問：「還好嗎？」鄰居太太為打擾了她而致歉，明秋請她來家裡喝茶，她們漸漸熟稔，也知道了鄰居家的事。老婦人是先生的母親，罹患思覺失調，雖然行動不太方便，脾氣卻很暴躁。夜裡狂躁起來就要出門，還不肯坐輪椅，若是阻攔她，就發出驚天地泣鬼神的哀號，直到先生跪在地上苦求為止。白天裡隨地大小便，更會將大便塗抹在牆上，有時還吃進嘴裡。先生為了母親提早退休，長期的壓力與睡眠問題使得夫妻離心，不是爭吵就是冷戰。

太太好幾次勸先生將母親送去機構，先生總是那句話：「除非我死。」太太在明秋家裡坐著，流下眼淚，「我好希望下班回家，能走進像這樣的家裡，整齊、乾淨、沒有臭味，可以放鬆。但是我沒有這樣的家，我根本沒有家，我覺得自己撐不下去了。」她掩面而泣。

不久之後，太太搬走了。

倒垃圾時，明秋看見面無表情、形容憔悴的先生，她忍不住走過去問：「還好嗎？」先生像被什麼螫了一下，反射性的退後一步，防衛性很強的反問：「很好啊，怎麼了嗎？」

明秋感覺自己冒犯了他，覺得很不好意思，因此，她忍不住問我應該主動詢問，對照顧者表達關心嗎？

我覺得這個問題因人而異，很難回答。我所認識的照顧者，有默默隱忍一切痛苦，絕不傾訴，更不求援的；也有願意傾訴宣洩，並向外界尋求幫助的，我就是後者，這樣的態度讓我在七、八年的照顧歷程中，還能盡量保有自我與正常生活。

某個深夜，明秋突然打電話給我，聲音中有著亢奮與緊張。她說鄰居先生開了瓦斯，而她在陽臺澆花時聞到異味立刻報警，同時通知了離家的太太。現在母子二人都在醫院搶救，先醒過來的是老母親，兒子還在危險邊緣。我們都不知道這個事故會不會上新聞，成為一則新的「照顧悲歌」。

但我們知道，照顧悲歌的旋律，總是一遍又一遍的響起。

誰想進入火宅

又看到一則照顧者與被照顧者的悲劇，發生在日本的神戶地區，二十幾歲的年輕女子，因不堪照顧認知症祖母的痛苦折磨，將毛巾塞入祖母口中，使她窒息而死。就像我們一直看見的，殺死被照顧者的，通常都是扛起照顧重任的那個人，只是那樣的擔子最終壓垮了負重的人，走上極端的毀滅之路。於是，我不禁想問，其他人在哪裡呢？

照顧者的孤絕感，是因為其他人對認知症的了解都很片面。「認知症，不就是忘東忘西嗎？」「認知症就是現在的事想不起來，以前的事記得很清楚吧？」這些都沒錯，但都只是很輕微的狀況。

母親幾年前因為水腦症而出現症狀，加上腦內的小中風，她的情況一下子惡化，不僅分不清白天晚上，不知道身在何處，情緒也變得敏感易怒，更嚴重的是，她的睡眠顛倒紊亂，只要醒著就想出門，如果出門肯定迷失。全家人因此睡眠不足、情緒緊繃，身心都受影響。但我知道母親的狀況還不算嚴重，有些患者會認不出家中成員，懷疑照顧者想要謀財害命，動不動就發怒，惡言相向或是拳腳交加，讓照顧者生活在地獄之中。

照顧如果是這麼勞苦又煎熬的事，為什麼只能由一個人孤獨承擔？

日本的老奶奶其實有三個兒女，都住在離她不遠的地方，但他們各自有不能照顧的理由。不是因為工作忙碌，就是因為身體不好，要不然就是自己有小孩要照顧，於是，他們指定了年輕女孩為照顧者。原因是「小時候奶奶曾經照顧過妳，妳當然應該照顧她。」這個理由如果成立，那麼，女孩的伯父、父親和姑姑難道不是奶奶照顧長大的？為什麼他們可以置身事外？女孩與奶奶以前的關係就不是太好，但是，當其他人推卸責任之後，女孩只得走進那幢火宅之中，也走進獨力照顧者的悲慘命運。

女孩白天去幼兒園當老師，那是她一直以來的夢想，晚上再照顧從關懷中心回家的奶奶，但因為奶奶的情緒與睡眠問題，使女孩每天只能睡兩個小時的覺，並且一直在龐大壓力與不愉快的氛圍中生活，她曾向長輩們求援，結果當然是只得到指責而已。

法官考量到現實情況，認為「無法嚴厲責難」，所以判處三年徒刑，緩刑五年。最不滿意判決結果的是女孩的父親與姑姑，他們認為應立刻讓女孩進入牢獄，並且永遠不會原諒她。這種不僅卸責、還對火宅中的照顧者指指點點的所謂「親人」，是我最鄙視的一種人。

在照顧的歷程中，什麼是我的地獄？什麼又是我的天堂呢？

在全無準備的情況下，一夕成為照顧者，既要照顧思覺失調的父親，又要照顧認知症的母親，雖然家中有外籍看護這個得力助手，又有工作夥伴與好友，給我許多援助和支持，還是常常有青黃不接的困頓時刻，考驗著我的意志與耐力。

每當照顧風暴出現，生活作息大亂，睡眠不足、心煩氣躁、血壓飆高、頭痛欲裂，卻還得忍受著被照顧者非理性的指責與怒氣，那個時刻，真的覺得自己墮入無間地獄，無法超生。

然而，當老父母的身心穩定，家中一片祥和之氣，我們一起到附近公園散步，母親拄著拐杖，父親推著輪椅，繞著一棵大樹緩緩行走，看護阿妮在一旁跑步健身，陽光溫和的灑在我們身上，那就是我的天堂，今生最幸福的圖像。

曼娟老師直播極短篇
【關係人的指手畫腳】

逃避並不可恥

前幾年的一齣熱門日劇《月薪嬌妻》相當受到歡迎，它還有個副劇名「逃避雖可恥但有用」。逃避是可恥的，但是真的有用嗎？自小，我就是個有逃避傾向的孩子，因為早讀的關係，一直無法跟上同學們的步調，常常恍神。當我發覺自己又跟不上老師的進度，便呈現放空的狀態，在那樣的時刻，不會感覺焦慮，只是飄浮在無重力的空間，覺得舒適，期待可以持續下去……突然重重下墜，通常是被老師的呼喊聲逼回現實，接著而來的就是訓斥、責罰。

我感到慶幸，因為從逃避到面對，直接躲過了焦慮。

這樣的逃避持續好幾年，念國中時，數理成績低落，許多功課都直接放棄，學藝股長收作業，我就躲進廁所，或是躲在垃圾場邊的小樹林，垃圾腐敗的氣息，隨風吹進樹叢，將我層層包裹，明明是令人掩鼻的難聞氣味，卻令我感到安心。

等到老師清點作業，發現我都沒有繳交，火冒三丈的質問，我不是回答「忘記帶來了」；就是回答「不知道怎麼搞丟了」。為此，母親被老師約談，我看見她站在老師面前，侷促不安，而後憂心忡忡的，轉過頭來看著我。我知道回家後會很不好過，但所幸我還可以逃避一陣子。

這樣的慣性逃避是怎樣改變的？我已經不復記憶，或許是因為年紀愈大愈發現，從逃避到現實，要付出的代價，已不只是一場體罰。而認命的、努力去做，讓我更有安全感。或許會成功，或許會失敗，但既然盡力了，就了無遺憾。只是，盡力不一定能看到成效，還是會有怎麼拚命都使不出半點力氣的時候，這樣的無力感與沮喪，常常發生在照顧者的身上。

和一個獨力照顧母親好多年的老朋友聊天，她的母親身體很健康，只是罹患思覺失調，為了母親的被害妄想，她們四年搬了四次家。

每當她以為可以稍稍安頓下來，母親就開始陷入監聽、監視的恐懼與憤怒，她去質問鄰居，阻止人家出門，宣稱天花板上有人盯著她看。做女兒的只能到處道歉，緊緊看住母親，不讓她鬧事。母親將怒氣轉移到女兒身上，指責她不孝、沒良心，與外人勾結要謀財害命，種種折磨令她苦不堪言、心力交瘁。

她哀求母親：「妳看我這麼不順眼，那我們分開住好了。」

母親斷然拒絕：「想都不要想，我就是要賴著妳。」

我的朋友長期睡眠不足，無法好好工作，精神耗弱，生不如死。

在一個尋常的日子，她載著母親出門兜風，母親在車上不斷抱怨、暴怒、斥罵，朋友覺得再也無法忍受，她握緊方向盤，對母親說：「媽，妳活得這麼不開心，我也活得很不快樂，我去撞那根柱子，我們一起死吧。」聽到這裡，我瞬間淚崩，無法壓抑。

我在她的故事裡，流著自己的淚。因為，在最艱難的照顧時刻，當我嚴重睡眠不足、壓力超大、身心俱耗，覺得再也撐不下去時，也有過這樣的絕望瞬間。所幸，我偶爾會回到逃避的飄浮狀態，一點點慈悲的休息，於是，我沒有離棄自己，也沒有放棄照顧。縱使還在照顧的路途上踽踽獨行，也不知道明天會有什麼樣的失去，但是，我覺得逃避並不可恥，比起一去不回，短暫的飄浮，有何不可？

收拾好自己的情緒，我問朋友，在那個世界已經崩壞的瞬間，母親的反應如何？她說母親瞬間靜默下來，不再說話，也不再暴躁，剛剛發生的一切就像是場惡夢。

經過這一次，她知道自己再也撐不下去了，與手足討論之後，大家一起說服母親去住安養院。住進安養院的母親可能知道沒人會容忍她的胡鬧，竟然心平氣和許多，也願意按時服藥。三個孩子輪流去探望她，給她送喜歡的食物或物品，看見母親臉上出現久違的笑容。

「剛開始，我也會有愧疚，覺得自己是不是遺棄了媽媽。」朋友說：

「後來我發現，這是讓我們可以好好活著的解方。」

每當我在臉書上貼文分享照顧父母的文章，總是會有粉絲留言，為自己將父母送到機構照顧而覺得「慚愧」，比不上我的「孝心」。其實，我自己知道，照顧父母並不是因為孝心，而是一種本能的驅動——想把身邊的人照顧好的那種本能。

然而，在邁向第八年的照顧生涯中，也讓我把自己看得更清楚，如果沒有得力的外籍看護，沒有無條件支持的好友，沒有一路上相識或不相識的人們的鼓勵，甚至沒有財務自由的條件，我根本辦不到。

在我認識的長期照顧者中，有人罹患乳癌，有人得到憂鬱症，有人腦幹中風，而我被醫生宣布成為高血壓、高血糖與高血脂的「三高」人士。

飲食、作息盡量保持規律、不菸不酒的我，怎麼可能會是三高呢？醫生也覺得很疑惑，如果一定要找一個理由，應該就是源自於壓力吧。這樣的壓力，照顧者都能明白，說出「照顧是有什麼壓力」這種言論的人，毋庸置疑，肯定沒在照顧。

讓父母留在身邊自己照顧，或是將父母送到機構由專業人員照顧，都是照顧。每個人的決定都有自己的不得已，「如得其情，則哀矜而勿喜。」旁人的指點或批評，更是多餘。

二〇二二年九月，疫情仍在延續，我家的照顧風暴再起。父親摔斷了腿，痛苦讓他更加暴躁，很難照顧。我和阿妮都陷在緊繃與疲憊中，無法喘息。我知道可以申請長照2.0的居服員幫忙，但曾經有過幾次的居服員經驗都不好，只能怪自己手氣不佳，咬牙苦撐。

連綿不絕的雨勢，洗過的衣服乾不了，我便在父母與阿妮午休的時間，拖著一大袋衣服到自助洗衣店清洗。因為家裡有洗衣機，又有晾晒衣物的陽臺，長久以來，洗衣店與我都沒有關聯，此刻竟然發揮了神奇的療癒功能。

不管外面有多溼涼，洗衣店都是乾燥溫暖的，洗衣機與烘衣機發出運轉的低頻聲響，空氣裡飄浮著洗衣精或柔軟精的香氣。投幣之後，洗衣機裡的衣物就在泡沫的包圍中規律旋轉，我可以趁著這個機會回覆留言，短暫的閱讀，或只是發發呆，把自己抽離出照顧的漩渦，深深呼吸。

脫過水的衣物送進烘乾機，再度投幣就啟動了，只要安靜的坐著等待，就可以收穫乾淨、溫暖的衣物出爐，宛如新生兒一般，帶來脫離現實的喜悅與救贖。洗衣店成了我的安靜所在，給我一段又一段的逃避時光。

這樣就很好了

「那裡有椅子耶，我們要不要坐一下？」

「妳才剛剛起來，怎麼又要坐？我們不是出來運動的嗎？」

「好吧。再走一走。」

這是我和媽媽出門走路時的尋常對話，一趟不滿一個小時的行程中，類似對話出現十幾次，我有時讓她坐下休息，有時不肯讓她坐下。所幸她都願意配合。

當我的健康檢查報告出現許多

紅字，醫生對我說：「妳的壓力太大了，至少可以讓自己運動起來，照顧自己也是很重要的啊。」我知道照顧自己可能是照顧者最重要的任務，但也是最難做到的事。

被醫生耳提面命那天晚上，我穿上運動鞋去河堤上快走了一個半小時，將近萬步。太久沒運動，果然覺得吃力，但是我告訴自己，只要持之以恆，我可以把體能練回來的。然而，第二天，當我準備出門時，母親企盼的眼神望著我：「我也想去河堤，我也想要出去走走。」前一晚她已經提出過這樣的要求，但被我忽略了，這一晚，我還是帶上了她。

因為輕微的帕金森氏症，母親的步履緩滯，行走時慣常勾住我的手臂，將身體的重量壓過來，於是我也變得蹣跚，舉步維艱。

這不就是親力親為的照顧者的寫照嗎？因為馱負著年長者的重量，寸步難行。但是，想起半年前，或許是因為疫苗的副作用，母親的狀況急轉直下，她整日臥床，完全無法起身，無法站立和行走，無法進食，認不得人，便溺也無能自理，和那段彷彿將要失去她的日子相比，拿著一支手杖，就能正常行走，這樣就很好了。

為了讓她練習行走，也為了讓自己喘口氣，我鬆開她的手，讓她在我面前慢慢向前走。月光照亮了她的一頭銀髮，散發著柔和的光澤。

我想到七年前的母親仍是身手矯健、熱愛生活，她早起運動兩個小時，買菜回家，展開一日又一日的家務操持。父親突然急病發作，幾度住院出院，家中的生活一團亂，她瞬間成為滿面愁容的老婦人。

有一回，入夜以後，將住院的父親交給看護，我們返家休息，在電梯裡有位中年女子突然問母親：「妳的銀白色頭髮真好看，要多久才能白成這樣？」母親從不染髮，什麼年齡就該是什麼樣子，是她的堅持。

當那個陌生女子歆羨的望著母親，我才發覺，她的銀白短髮真是好看。但是在我的家庭裡，父親總是備受關注，卻覺得遠遠不夠；母親則是被忽略的，她更常忽略了自己。當父親確診為思覺失調，更多的折騰和混亂撲面而至，一年半之後，母親腦中風，幸好不算嚴重，卻留下了認知障礙的後遺症。

罹患認知症後的母親，有段時間充滿挫折和憤怒，家裡的氣壓很低，她與外籍看護的衝突迭起，吃不下也睡不著。我帶她去看了精神科，服用微量的抗鬱劑之後，飲食與睡眠都正常，她就成為一個快樂的老太太了。

雖然還是有許多難以預料的狀況發生，比方明明在自己家裡，卻收拾好貼身衣物與牙刷，提醒我們：「已經出來這麼久，是不是該回家啦？我要回家了。」我對她說：「我們現在就在家啊，這就是我們家，我們已經在這裡住了超過三十年了，妳想回哪個家呢？」

她環顧周圍，看起來很困惑，「是嗎？這是我們家嗎？怎麼一點印象也沒有？」

三十年前我買了新房子，便把父母接來同住，讓出主臥室給他們，希望他們不會有寄人籬下的感覺。突然有一天，母親覺得這裡是個陌生的地方，而她自己也不知道要回哪個家。

正在吃午餐，她抬頭問坐在身邊的我：「我們的爹媽都還在嗎？」頭一回發生的時候，我的震驚與憤怒一起爆開來：「我是誰？妳把我當成誰了？妳不認識我了？」我一連串的嚷嚷著，好像一大塊硬物堵在胸腔，連呼吸都很困難。

母親受到驚嚇，眼神閃爍不安。

「妳把我當成妳姐姐？」母親是么女，當年隨大哥撤退來台，老家還有三個姐姐，但她的兄姐都已陸續過世了。

「我是妳的女兒！」我負氣的喊著：「外公、外婆早就過世了。」

「那，我的姐姐……」

「妳的哥哥和姐姐都過世了，他們全都過世了！」

「什麼時候？怎麼會？我都不知道。」母親完全忘記了兄姐離世的事，她像是頭一次聽聞噩耗那樣的傷心痛哭。

在母親的哭聲裡我突然清醒過來，為什麼對她這麼殘忍？只因為她忘了我，使我很受傷？但她不是故意的，此刻的她可能只是剛剛離開故鄉與親人，飄流來台的十三歲難民少女。

從那以後，我都會好好跟她說，好好安慰她：「外公、外婆、舅舅和姨媽，他們年紀太大，所以都不在了。我是妳的女兒，會一直陪在妳身邊，不要擔心喔。」母親沒有再哭過，她用飽含情感的眼睛看著我，誠心誠意的對我說：「謝謝妳。」這三個字令我欲淚。

「怎麼沒有吃的也沒有喝的？」有時從午睡醒來，她不記得自己兩小時前剛吃過飯，暴躁的抱怨已經很久沒吃東西了，為什麼不給她飯吃？她要衝出門去街上買吃的，然而她早已喪失了方向感，只是逢人就說我們都不給她吃的。鄰居看見這樣的場景覺得好奇，為什麼母親總覺得自己沒吃東西？我揣測或許是因為她經歷過一九四二年河南大饑荒，使得她對食物保有極大的狂熱，飢餓的陰影深深烙印在她靈魂深處。

後來，我找到了解方，讓她的腦子放電。當她午睡醒來，我特別請了一位相識的鄰居女孩小榛陪她去散步。小榛是我從小看著長大的，那天我問她：「願意陪奶奶出門遛一遛嗎？」她一口答應。從此，只要是不下雨的日子，就是遛奶奶的好日子。小榛牽著她的手，陪她四處逛逛，為她拍照，哄她唱歌和畫畫，母親不再發生「以飯之名」的暴走了。

印尼看護阿妮來到我家已超過五年了，她見證了母親罹病前後的差異。自從母親患了認知症，阿妮細心的幫母親打理盥洗沐浴。我在家時會接手，忙碌時也請居服員幫忙，母親偶爾會弄不清幫她洗澡的人究竟是誰。有一天，阿妮在浴室幫母親沐浴，她和母親一起唱歌、說笑，母親很關心的對她說，趁著年輕可以再生一個孩子，「奶奶，我在你們家工作，怎麼能生孩子呢？」阿妮回答。

母親認真對她說：「沒關係，我幫妳帶喔。」我告訴阿妮，母親是很有誠意的，她以前就是護理師，離開醫院後在家開了托兒所，家長們都很滿意呢。阿妮說她真的很感動，母親又稱讚她：「我喜歡妳幫我洗澡，真的好舒服啊。」這一天的氣氛真的太美好了。直到換上乾淨衣裳，阿妮俯身將髒衣服抱起來準備去洗，母親忽然對她說：「這個不麻煩妳了，等等阿妮會處理。」

旋律瞬間變了調，阿妮轉頭望著我，她問：「我是誰？」

我們忍不住大笑，在歡快的笑聲中，母親如夢初醒：「啊，不好意思，妳是阿妮啊。」與情緒激動的那個母親相比，與我們這些受傷失落的照顧者相比，現在可以心平氣和的當作日常，這樣就很好了。

「這樣就很好了。」像一句咒語，讓我的日子好過許多。

雖然做為獨力照顧者，有時候覺得孤單疲憊，但是，可以全權處理許多事，不用受到干擾，這樣就很好了。照顧者不用回顧過往，總想著被照顧者以前不是這樣的，以前已經過去了；也不用期待將來，被照顧者也許會有進步，變得更健康，這是個微乎其微的美夢，與其醒來後覺得失望痛苦，還不如一開始就不要入夢。

照顧是最現實的一件事，沒有過去，也沒有未來，所以我們才說「這樣」就很好了。不管是怎樣的現在，都是好的，因為之後可能變得不好，甚至更壞。

此刻，剛剛走上橋，母親就停下來了，她指引我看天上的月亮：「妳看，月亮好圓好亮啊。」

真的，如果不是母親，我可能不會發覺，農曆十四的月亮原來也這麼美。她是我從小到大的「美的發現者」。

於是，我們母女二人便佇立在橋上，抬頭看天上的月亮，低頭看溪水中的月影。

也許十五的月亮更圓更美，但是今晚的月亮是我和母親的，可以和她一起看月亮，這樣就很好了，這樣真的很好。

媽媽這種人設

五月是母親的月分，除了百貨公司與網路商品的母親節折扣之外，許多網站與雜誌也陸續推出以母親為主題的相關議題。做了二十幾年廣播節目，常常做到與母親相關的主題，通常是教養方式、3C時代如何與時俱進，或是當媽媽的同時也要保有自我等等。五月分的《親子天下》雜誌刊登了這樣的專題：「當媽媽快樂嗎？」這真是個耐人尋味的問題。

這使我想到前幾年父親的思覺失調嚴重，我陪伴他去醫院和社工師談話，父親談完之後，換我進去，溫柔的社工師問：「覺得還好嗎？」我用亢奮的語調敘述父親服藥後的反應，以及日以繼夜照顧他，讓他漸漸穩定下來的歷程。在一個喘息的瞬間，社工師打斷我：「我問的不是別人，是妳。妳過得還好嗎？」我啞然失語，無法作答。我不知道自己過得好不好，因為我根本失去了自己，只是一個純然的照顧者，沒有感受。

當母親的人，不正是一個照顧者嗎？她的時間、精力、感情都投入在這樣漫長的照顧生涯中，沒有一天可以休假喘息。

曾經去探望一個產後憂鬱症的朋友，她的脹奶問題、失眠問題、皮膚過敏，眾症齊發，還有一個一到天黑就哭得撕心扯肺的嬰兒。婆婆說這個小孩這麼「番」，不像他們家的孩子；娘家媽媽說就是太寵了才會變這樣。到最後，黑眼圈很深、吃補品全都吐出來的新手媽媽住院治療。

看見我們的時候，她說出這樣一句話：「那個小孩，根本就是需索無度的惡魔。」她的災難並不是從生產開始的，而是從懷孕的嚴重害喜就展開了，並且無所遁逃。

這樣艱辛的媽媽不在少數，她們甚至不敢說：「當媽媽真的好痛苦。我覺得很不快樂。」

許多年前在大學教書，遇見一個文靜乖巧的女學生，她會幫忙擦黑板，看見我的時候總是很開心。有一個下午空堂時間，我正在研究室休息，她敲開門進來聊天，說起自己的媽媽與我同年，頭髮都不整理，也不會穿衣服，看起來好老，都不像老師這樣。「如果我媽像老師一樣，那真是太棒了。」她說。

聽見這樣的話，我應該覺得沾沾自喜嗎？然而並沒有，我只是據實以告：「如果我是媽媽，可能比妳媽媽更老。」

女學生不會明瞭的，要當一個媽媽，得付出多少，又得承擔多少，其他人看似輕盈的腳步，可能是因為沒走上媽媽的路。等到當了媽媽，女學生也許就懂了。

蛋餃的好滋味

去上海旅行時，在朋友家看見老奶奶製作蛋餃的手藝，令我印象深刻。先在鍋裡倒一小匙豬油，攤張小小的蛋皮，再把新鮮絞肉放上，將蛋對折出餃子的形狀，漂亮的金黃色蛋餃就完成了。這種工序十分精緻。

我的二伯母也是上海人，她就是這樣做蛋餃的，除夕夜圍爐時，放進大白菜火鍋裡燉煮，滋味鮮美而純粹。二伯母有很好的手藝，她的醬燒鴨、燻魚、豆沙粽子，都是我吃過最好吃的。然而，她卻也對我的童年造成相當的創傷與痛苦，我對她的情感矛盾複雜，心裡怨恨她，舌尖卻禮讚她，哪怕是在那麼不開心的時候，還是不肯放棄美食佳餚。所幸當我長大，我們的關係變好了，在她離世之前，喝了我燉的雞湯，點點頭說「好喝」。我覺得這是最珍貴的和解。

我家的蛋餃工序簡單多了。韭黃切碎與絞肉調味拌好，先在鍋裡炒個七分熟，晾涼後加上足夠的蛋液，用一小匙油攤成小蛋餅，再對折成餃，待顏色變為淺棕，就完成了。因為加了韭黃，蛋餃散發撲鼻的香氣，不用再煮即可食用，帶便當也好吃。

每當母親煎蛋餃，我就在一旁慢慢將油添進鍋裡，一點都不能急，起碼要站三個小時，母親會輕聲提醒我：「加油，曼，加油喔。」在我最灰暗的年少歲月，也成了溫柔的鼓勵。

有個朋友照著食譜做了，全家人都喜歡，便向我問起這種蛋餃的來歷。因為母親已經記不得了，我無法探問這些往事，只是猜測著，這應該是母親還在當護理師的時候，同事教給她的。她們那時工作繁忙，又無外食習慣，已經為人母的她不僅要上班，下班後還要照顧孩子、料理晚餐，並準備隔天的便當，忙得團團轉。韭黃蛋餃放進便當，蒸過之後味道依然好吃，就成為這些職業婦女的家常菜了。當然是不夠細緻的，但她們也沒有餘裕講究了。

我記得母親說過，年輕時她每次出門上班，都要先把孩子打理好，交給保母，自己才能穿著整齊，常常都踩在時間點上，分秒必爭。有一回，父親下班回家，氣呼呼的不跟母親說話，追問之下才說，他在公車上看見母親在路上奔跑著去醫院，頭髮都被風吹亂了，簡直不像個樣子，真是太沒形象了，多難看啊。

又有一次，父親興致來了，說要看電影，他下班後直接去戲院買票，母親下班後卻要回家，餵我吃完飯，穿戴整齊，再抱著我去戲院，結果，電影開演了她才趕到，父親鐵青著臉，一把接過我，轉身就走，母親只能抱歉的緊緊跟上，一直賠不是。

家裡的經濟條件並不寬裕，父親只是低階公務員，母親卻已經在醫院裡管理藥房了，她的位階與薪水都比父親高，然而，因為她要上班，就好像做錯了事。當弟弟出生後，保母的照顧出現疏失，父親便讓母親辭職，專心在家照顧孩子，母親離開了她熱愛的醫院與得心應手的工作。

「憑什麼要妳辭職？妳不會捨不得嗎？」少女時代聽見母親講這段往事，我總覺得不平。「當然是捨不得啊，我哭了好幾天。」母親一邊說著，一邊用奶瓶餵哺著懷中的嬰兒。自從離開醫院，她並沒有成為真正的家庭主婦，為了改善家庭環境，她成了保母，照顧起別人家的孩子了。因為護理師的背景，再加上她和父親的努力，讓每個孩子都有一張木製小床，家長來看環境都很喜歡，鼎盛時期家裡有十四個嬰幼兒，廚房的事都由父親擔當，母親忙到連吃飯的時間都沒有。

過年時難得休假，母親總要進廚房煎蛋餃，那是她曾經充滿鬥志在醫院上班，掀起便當盒，瞬間的氣味吧。蛋餃的滋味，是難以言說的，母親的生命況味。

見證天使之路

「媽媽，媽媽。」我叫喚著。

母親抬起頭，茫然注視我，沒有反應。

「媽媽，妳感覺還好嗎？」

她點了點頭。

「媽媽，妳要回答我喔，妳不跟我說話，我會覺得難過耶。」

她努力牽扯嘴角，拉出一個類似微笑的弧度。

「媽媽，我是誰？」

點頭，沒有回答。

「媽媽，妳知道我是誰嗎？」

「我的夥伴。」她徐徐的說。

「夥伴？是同事的意思嗎？」

「對。」她和煦的說：「妳是我的同事。」

「那，妳有沒有小孩？」

她搖搖頭。

「妳沒有小孩？妳沒有生過小孩嗎？」

「沒有。」

她很確定，沒有小孩。

母親看起來很疲憊，我沒再說什麼，讓她閉上眼睛休息。

因為中風而得了認知症的母親，四年半以來都維持得很好，她的整體狀況，甚至還曾略微進步，因此，虎年剛到，當她的卡關陸續浮現，我們並沒有警覺，直到各種狀況突然直線下墜，一種雪山崩塌的速度，我們猝不及防被掩埋，才感到窒息的冰冷。

原本行動自如的媽媽突然連站都站不起來，她無法自己吃飯、如廁，認不得任何人，也不知道自己是誰。她終於進入一個無論我們如何伸長手臂，用盡全力也拉不回來的異時空。

「為什麼會這樣？」九十五歲的父親，對於八十六歲老妻的退化，充滿驚懼：「太快了！實在太快了！」

「怎麼會這樣？」照顧了母親四年多的印尼看護阿妮說：「我沒有辦法接受奶奶變成這樣。」

我什麼話都沒說，只是某個星期天必須工作的上午，看見阿妮傳來母親用湯匙吃麥片，費力笨拙的影片，忽然的哭了出來。然而，學生已經在等待上課，我只容許自己一分鐘的悲傷，擦乾眼淚，便若無其事的走進教室去上課了。

我從來沒說過：「如果媽媽認不出我來，我就會……」這一類的話，因為這一天終究會來，而我依然那麼愛媽媽，一點也不曾減少，或許因為可以愛她的日子愈來愈少，所以愈來愈愛。

母親是帶領我見證了天使的人。

我小時候是個膽怯而憂傷的孩子，融入群體並不容易，孤單一人又感到恐懼。母親常對我說：「不要怕，只要信。」她的聲音清脆如銀鈴，質地裡有著愉悅的透明感，那是非常青春的聲線，彷彿永遠也不會老。我苦惱的問她：「要信什麼？」她對我說，每個孩子來到世上，上帝就會派兩個守護天使在他身邊，讓他不受傷害，除非那個孩子做了不該做的壞事，天使才會離開。我相信了她。

　　看著逃離戰火的烏克蘭孩子，我知道，七十幾年前，難民的行列裡，也有我童年的母親。她依附著兄嫂在台灣過日子，初中畢業後念了護校，有了一技之長。她的性格果斷俐落，從護理師做起，最後竟然掌管醫院的藥房，絕不收受回扣，一切都井井有條，深受外籍主管的信賴倚重。

　　我仍記得幼小年紀，被父親扛在肩上，去台視公司門口，與一群人擠著看一臺小小的黑白電視，電視裡是我戴著護士帽的母親，在平臺上提起一個假娃娃的腳，示範幫嬰兒換尿布的正確步驟。黑白屏幕上的母親對著鏡頭微笑的時候，我看見她頰上的酒窩。長久以來，母親總對我說：「因為我長得不好看，所以，為了優生學，一定要幫你們找個長得好看的爸爸。」認識她的人都覺得她好看，只有她自己不覺得。為了「優生學」的緣故，她這一生受了不少苦。但她卻對我們說：「將來你們長大了，不要孝順我沒關係，一定要孝順爸爸，他為這個家付出很多。」她總覺得自己不夠好、不重要，是個可有可無的人。在我看來，母親的付出其實更多。

她在藥房做得最順手之際，父親以照顧兒女為由，要求她辭職，她便成了家庭主婦，而後，為了幫助家計，又在家裡從事托嬰工作，一做就是二十幾年。日以繼夜、任勞任怨的工作著，領到的薪水全部交給父親管理，一毛私房錢也沒有。

我坦率的對母親說：「自己賺錢不能用，還要卑微的向先生伸手，這種事我真的沒辦法。」

母親笑著，露出了酒窩，她說：「我有吃有住，什麼也不缺，覺得很幸福啊。」

母親的臉上常常有種幸福喜悅的表情，尤其是抱著別人家的孩子，那種天使的笑容。在她最虛弱失能的時刻，只要我們為她做了什麼，她一定會說：「謝謝。」阿妮好幾次在這樣的瞬間望向我，輕聲的說：「這就是奶奶。」她什麼都不記得了，卻還是溫柔感恩。

十六、七歲念五專時，好不容易交到幾個好朋友，母親叫我帶她們回家吃飯。我們幾個女生進了門，媽媽迎到門口，她的頭髮薄削服貼，穿一件碎花襯衫，紮進一條七分褲，自在隨性，笑容滿面的走上前：「哈囉，大家好，歡迎來我們家，我是小曼的媽媽。」好友們突然鴉雀無聲，只能拘謹的點頭，她們後來跟我說，我的媽媽非常酷，很洋派，不像一般的媽媽。這是我頭一次聽見，在別人眼中的我的母親，原來是這樣的形象。

有時候我也會想，如果當年母親沒有辭職，她應該是個女強人，但她連為自己爭取的念頭都沒有，便屈從了婚姻中的固定角色。隨軍來台的父親，只有一個親人，就是我的二伯，二伯喜歡孩子卻一直沒有誕育，父親將兄弟情看得天大地大，將我家的第一個男丁過繼給二伯，並且還要保守祕密，不能讓孩子知道。雖然一年半之後，母親生下第二個男丁，卻永遠無法彌補她所失去的。

我對人世最初的記憶切片，便是在一張大床上醒來，翻起身子，看著床鋪另一頭的母親，披散著長髮，哀哀痛哭，父親安撫著她，而後，伸手指了指我。記憶到這裡戛然而止，我能感受到極其沉重的悲傷，儘管那時的我，還無法理解已經發生的事是如何撕裂了我的母親。

「弟弟被抱走，坐月子的每一天我都哭，一直大出血……」許多年後，母親對我說了這樣的話。當年一歲半的我無所作為，成年以後的我依然如此，什麼也不能改變。

「為什麼妳要這樣做？為什麼妳要讓他們這樣對妳？」無力感令我憤怒，我為母親的認命而痛苦。我的反應使她失措，她彷彿致歉那樣的神情對我說：「我不知道，我以為這樣對大家都好。」

「妳知道嗎？」我負氣般的對她說：「我永遠不會、也不可能這樣去愛一個人。」

母親深愛父親，為了這個男人，她什麼都可以給出。

就像是刻意與母親背道而馳，回顧我這一生，從沒有愛過任何人甚於愛自己。

母親垂垂老矣，我也來到花甲之年，在愛的功課上，在人生的幸福感上，我有比母親強嗎？

「每天晚上臨睡前，我都會為妳禱告。」母親以前確實都是這麼做的，有時候我的朋友遇到了生死交關，有時候我碰見了懸而未決的事，母親會牽著我一起跪下，她說：「不要怕，我們來禱告。」我相信母親的祈禱都蒙賜福，因為她的心是潔淨的聖殿。

帶著母親做過各式檢查，都看不出任何問題，「或許是疫苗的後遺症，但也無法證實。」有個醫生朋友這樣說。

幾乎要失去母親的那一個星期，好像一場惡夢。朋友問我：「妳會怕嗎？」我怕，但也不是很怕，因為來到世上一遭，見過天使的樣貌，已經心滿意足。

丟掉劇本之後

妳是女兒還是媳婦

我的臉書粉絲團上一篇短短貼文，沒想到竟引起了熱烈討論，貼文是這樣的：「我不明白，爲什麼有些人輕蔑老年人，他們難道不知道，只要活下去，就會成爲老人？……天晴的日子裡，去和老人聊聊天，陪他們晒晒太陽，聽他們說說話。那不僅是他們的歷史，也是我們的未來。」

貼文下的留言大概分成兩類，

一類是批評現在的年輕人不懂得尊重老人；一類是陳述老人「倚老賣老」的言行實在令人不喜歡。這樣的對立面愈來愈激化，於是便出現了「不管老人家是對是錯，都該用愛包容，這樣才是美德。」的「美德派」，與「是非對錯都不分，難怪會被輕蔑。」的「實際派」。

老人家最令人頭疼的，首推「倚老賣老」。天上地下無所不知，不懂得劃出界線，明明與自己無關，卻要指手畫腳。看見瘦瘦的孩子便要叨唸：「讓孩子吃得營養一點。」看見胖胖的孩子也要叨唸：「渾身都是肉，該減肥啦，這樣對身體不好。」孩子太白了要唸：「小孩子要出去運動運動，才會健康。」孩子太黑了當然要唸：「晒得跟黑炭一樣，這樣不好看啦。」「囉唆嘮叨」，是老人家第二個讓人失去耐心的通病。

約莫有兩年時間，我陪著母親去社區關懷中心上課，是專門為輕微認知症的長輩開的音樂律動課，只要時間允許，我總會陪母親一起上課，擔任家長。課堂上大部分的長輩是女性，都是笑呵呵來到教室，彼此熱絡親切的打招呼，雖然下週上課可能誰也記不得誰了，但這樣的氛圍真的很溫暖。只有一位美華阿姨看起來不是很開心，她總是自己一個人來，不太和大家互動。

某天上課中間的休息時間，長輩們停下來喝水，我將帶來的水杯遞給媽媽，美華阿姨顫巍巍抽不出自己的水瓶，我幫忙遞給她，她說了謝謝之後，我們有了一段小小的對談。

「妳是女兒還是媳婦？」

我說我是女兒。

「我女兒也是很想陪我來上課啦，她也是很孝順。」

我點點頭。

「妳應該是很閒沒事做吧？我女兒不一樣喔，她自己開公司，有十幾個人，她很忙，她是很有成就的那種人啦。」美華阿姨說著，脊背挺直，臉上有著優越的笑意。在她眼中看來，我應該就是個沒有生產能力、也沒什麼成就的女兒，所以只能陪伴母親。

我微微笑著，垂下眼睛，沒有說話，心中其實覺得有點悲哀。

已經到了這樣的生命階段，還在做比較、還要分出優劣、還想凌駕於人，才能感到快樂。這漫長的一生，大部分時間恐怕都是不快樂的吧？如果從小到大，拿到的就是這樣的人生劇本，不管活到什麼年紀都要照本宣科，那麼，也只能成為一個不合時宜的老人了。

如果，看清了這樣的劇本已經過時，行到中途就丟掉劇本，是否可以讓人生大開展，活成一個自在愉悅的大人？

我們家是不是重男輕女

在大學教書時，曾經開過一堂生命教育的通識課，討論到男女性別的差異與歧視。有個女生分享她的成長故事，她從小就和阿嬤住在一起，父母每天早出晚歸，忙著做生意，家中的事都由阿嬤做主。她記得，阿嬤總是對她說少吃一點要留給哥哥，有什麼好東西也要留給哥哥，她覺得很不公平，卻沒辦法抵抗，彷彿這就是她的命運，永遠是家裡不重要的那個孩子。考試考得好，阿嬤不會稱讚她；跑步第一名，阿嬤說女孩子跑那麼快，男生都追不上了；當選模範生，阿嬤嘀咕著：「真是豬不肥，肥到狗身上。」她常覺得胸腔裡有一塊硬物堵住，嚥不下去也吐不出來。

有一次，全家人一起吃晚餐，她忍不住向父親說起自己在課堂上的優秀表現，父親還沒開口，阿嬤便說：「女孩子那麼好強是要幹嘛？」

她突然再也無法忍受，放下碗筷直勾勾看著父親，並且問：「我們家裡是不是看不起女生？是不是重男輕女？」

父親停止進食，沉默三秒鐘，而後轉頭對阿嬤說：「我不是跟妳說過，不要這樣，小孩會很難受。」

阿嬤說了什麼，她已經不記得了，只記得自己瞬間放聲大哭，許多的委屈與怨懟一股腦的發洩出來。

她覺得父親理解她，並且曾經勸過阿嬤，這就是對她最大的支持。

自從那一天以後，父母確實花較多的時間關注她，阿嬤對她說話時的態度也改變了，最好笑的是哥哥的補償行為，好吃的、好玩的都留給她，兄妹之間的感情也融洽了。

她說不知道那天是怎麼了，更不知道自己哪來的勇氣，但她很高興自己不再按照別人的心意過日子，她把那天當作成長的里程碑。丟掉別人給予的劇本，而要為自己創作一套新的劇本，不是一件簡單的事，但是，自己的人生要由別人來決定，不是太可惜了？

這個家的人太少了

自從母親確診為認知症，並且是由一個小中風所引起的，我便有很長一段時間陷在自責與愧疚的情緒中。因為父親的急性思覺失調，完全打亂了家中的生活與步調，疲於奔命與情緒高壓之下，忽略了母親，才會導致這樣的後果。

這其實是很微妙的，愈是負擔最沉重的獨力照顧者，愈容易產生罪惡感，覺得一切都是我的錯；其他沒有承擔責任的關係人，總能從根本上把自己撇清，有時甚至語帶不滿的指責照顧者。

父母都病了的一、兩年間，我幾乎停止了一切活動，直到他們逐漸穩定下來，才開始安排。見到我的人常會難掩擔心的問我：「妳還好嗎？身體不舒服嗎？」我知道自己看起來很糟，像是生了一場大病。有時我會對關心的人說明父母的近況，聽到的人都感到驚訝。在表演場中的觀眾席上，有個許久不見的朋友問我：「那妳什麼時候要送機構？」

頭一次聽見這樣的問話，我的腦袋像被鎚子狠狠敲了一下，痛而且暈，所幸燈光暗了，下半場演出開始，沒人看見我倏忽刷白的臉色。為什麼要送機構？我怎麼會把他們送去機構？當然是要由我親自照顧，就算再辛苦、再煎熬，就算是油盡燈枯的那一天，我也不會放手。下半場的演出，我一分鐘也無法專注，激烈的情緒在心中翻攪，怎麼也停不下來。

那只是照顧歷程的剛開始，沒人知道這會是一條短暫或漫長的道路；沒人知道在這條路上，身為照顧者得付出多少代價？健康的毀損；人際關係的疏離；經濟的匱乏；情緒的低落……每一樣都足以將照顧者壓垮。照顧者一旦垮了，被照顧者又當如何？

二〇一七年起身如廁時摔斷右腿的父親，在二〇二二年九月，颱風擦邊而過、帶來雨水的午睡時間，起床關窗，踩到地上的雨水滑倒，摔斷了左腿。已經有過好幾次進出急診的經驗，我對一切的處理雖然嫻熟，卻有了更多需要考慮的，上一次母親還是個幫手，這一次她已經罹患認知症，需要照顧了。

自從父親摔傷，進醫院手術住院，一個星期之間，母親的狀況更為混亂，她總是在半夜裡穿戴整齊，要出門去醫院探望父親，一夜起床三、四次，破碎的夜晚，不再適合睡眠。她更為執拗，很難說服，脾氣也變得暴躁不安。等到父親返家休養，我們的夢魘才要開始。

父親因術後疼痛，吃了止痛藥也難以入眠，他一個晚上要大聲叫人七、八次，不叫人的時候便不斷發出呻吟聲，唉聲嘆氣。天亮之後，大家起床工作，便是他的安睡時間，如此日夜顛倒的作息，發怒躁動的父親，讓我重回六年前他思覺失調的地獄景象。這時，一位長照達人伊佳奇老師給了我建議，他認為我應該幫母親尋找日照中心，讓她有事可做，也紓解照顧者的壓力，這是一個雙贏策略。我心中知道這是可行的方式，卻仍有些顧慮，在這樣艱難的時刻，把母親送出去，難道不是我的卸責嗎？對母親來說真的會比較好嗎？

有一天，我有既定的工作，出門前特意去叮嚀母親：

「媽媽，妳要跟阿妮配合喔，她叫妳喝水就喝水，她叫妳運動就運動，不要一直跑去睡覺。」免不了還要加以威脅一番：「如果妳都不合作，阿妮回去印尼，那我們只好去住安養院囉。」

母親抬頭望著我，思慮清晰的對我說：

「我覺得住安養院也挺好的。」

不是負氣，不是自暴自棄，是發自內心的這麼說。

「住安養院哪裡好？」我嚇了一跳。

「人多啊，我喜歡看到人。」

「都是老人耶。」

「老人也很好啊，我也是老人了，大家說說笑笑，不是很好嗎？」

我沒再說什麼，出門搭車的路上，想到個性隨和的母親，一生熱愛朋友，喜歡熱鬧的氣氛，她在家裡常常問：「怎麼都沒人啊？」我好氣又好笑的問她：「我不是人嗎？」她也笑起來：「這個家的人太少了。」

早晨喚她起床時，她總是耍賴，並且問：「起床要幹嘛呢？」

長久以來，她的生命一直都有重心，剛結婚時還是職業婦女，為照顧子女而辭職，又為了幫助家計從事育嬰工作許多年。退休之後，她保持著規律充實的生活，直到父親生病，接著自己得了認知症。

我在詫異的情緒中，認真思考。堅持把母親留在家裡照顧，並讓她過著空洞無聊的生活，就是對她的愛嗎？

兩個星期後，我告訴她，從明天開始，就可以去日照中心上課了。她的眼睛亮了起來，開心的說：「太好了！我再也不是無業遊民了。」

自從在日照中心上課後，母親的生活再度有了重心，她每天早晨充滿期待的起床，穿著整齊去上課，看見她的人都說她的腰挺直了，氣色也變好了，一定是很喜歡去上課吧。

成為照顧者，我給了自己一個既定的劇本，親力親為、隨侍在側，賣力演出好幾年，卻發現根本是吃力不討好。丟掉了我的劇本，終於看見母親展顏而笑。

照顧者
~~優先~~優秀

上次出門投票，父親是由阿妮推著輪椅去的，母親則是由我牽著去的；這一回，他們倆都坐在輪椅上了。阿妮推著父親的輪椅比較高，我推著母親比較小巧輕盈的輪椅。在往投票所前進時，阿妮忍不住跟我說：「抬頭挺胸啊，妳為什麼彎腰駝背？這樣不好看啦。」

我當然知道自己正以蝦形人的方式向前，但是因為輪椅矮而我的身形高，加上路面凹凸不平，輪椅的行進並不平順，如果不使出洪荒之力，如何能繼續向前？聽到阿妮這樣說，我忍不住笑出聲音來，如果讓粉絲看見此刻的我，還能說出「曼娟老師好優雅」這樣的話嗎？

不管在臉書上或是實體的讀者見面會，總是有粉絲對我說：「真希望我也可以像您這樣優雅。」或是「曼娟老師都沒變，還是那麼優雅。」我從來不美麗，也不搶眼，甚至沒有強烈的個人特色，但是，「優雅」二字倒是如影隨形。什麼是優雅呢？其實就是合宜的衣著、心平氣和的言談，舉手投足皆不會令人感覺突兀吧。我的前半生，確實因為家庭教育的影響，稱得上是個優雅的人。然而，這一切在成為照顧者之後，戛然而止。

父親初初被確診為思覺失調那一年，是最艱困的日子。剛開始他還願意去精神科就醫，但不耐久候，那是「八十五歲以上優先看診」還未啟動的時代。平日不管他交代我做什麼，都要立刻完成，如果讓他等待超過三十秒，便暴怒大罵，或是用拐杖敲打櫥櫃，發出震耳的聲響。於是，每一天，不管在醫院或在家中，我都是沒命的狂奔，心臟悸動，血壓飆高。

「爸，我幫你辦事，十分鐘以內就回來了，你為什麼等不及呢？」

「十分鐘？對我來說就是十年！」

是啊，誰能等待十年還心平氣和呢？我只好繼續奔跑，愈跑愈快。

有一次，父親候診超過一小時，他不斷發脾氣，宣稱再也不來醫院了。於是，下一次的回診，為了避免久候，我們特別晚了一點才出門。沒想到醫生已經看完診，連診間都關閉了，一盆雪水兜頭澆下來，全身的血液瞬間冰凍。父親的情況是不能停藥的，否則，我和母親都撐不下去了。我立刻去敲隔壁診間的門，拜託護理師幫我把醫生找回來，護理師告訴我醫生可能已經離開了，叫我下次再來。

「我不能下次再來！」我急躁的嚷嚷：「我爸不吃藥真的不行，拜託妳，拜託妳幫幫我！」

我的心裡在吶喊：「救我救我，求求妳救救我！」

如果需要的話，我願意跪下來哀求。

護理師看著我扭曲的臉、癲狂的神情，她沒再說話，幫我撥打電話。

約莫十分鐘之後，穿著白袍的醫生從長廊的那一頭走過來，他的背後有光，他整個人就是光，我已淚流滿面。

什麼是優雅？歲月靜好的人才能優雅，照顧者不是那種人。

照顧歷程邁入第八年，已經從跌跌撞撞的「實習生」成為身經百戰的

「前輩」了。剛剛成為照顧者的實習生向前輩請益時，我總是耳提面命的說：「要記得『照顧者優先』，如果照顧者倒下，一切都是虛妄。」

照顧者優先，合情合理，卻是有點不切實際。

成為照顧者的兩個月以內，第一位外籍看護阿玉就從印尼進駐我家。「家裡有個陌生人，不會很怪嗎？」「妳不是很重視隱私的人？」這樣的詢問都沒有意義，因為我確實非常需要幫手。我還要工作，也需要收入，更重要的是在工作之中，能夠分散照顧的壓力與沮喪，使我意識到自己不僅只是個照顧者，我還有喜歡的工作與貴重的價值。

阿玉和第二任阿妮，確實都是得力助手，但我也發現只要是在家裡，照顧父母的瑣事，就讓我像個陀螺似的轉不停：量血壓、餵藥、喝水、上廁所、做運動、吃三餐、晒太陽、散步……周而復始。當我趕著出門，坐上車才發現，自己忘了量血壓，沒有吃藥，好像連上廁所的時間都沒有。

明明知道照顧者優先，但，全部的注意力都放在父母身上，哪裡顧得了自己？就算偶爾出門透透氣，也還是牽腸掛肚的打電話回家問看護：「爺爺好嗎？奶奶好嗎？家裡都好嗎？」其實最該問的是：我自己好嗎？

有的照顧者一、兩年就修習完畢；有的照顧者持續十年、八年，更有人一踏上照顧之路就是十幾二十年，直到自己的生命終點。

這是苦多於樂、憂大於喜，隨時可能被壓垮，卻總有人前仆後繼的一條路。照顧者無法優雅，照顧者不能優先，但我必須說，照顧者，你真的很優秀。

曼娟老師直播極短篇
【照顧者請好好照顧自己】

肆

／

給未來長輩的備忘錄

我們從沒學過怎麼當長輩，
更多時候是卯起來逃避長輩的身分，
因為怕老。
後來才發現，
自己怎麼成為了那種討人厭的長輩？

喜樂與自尊

我的幾位四年級朋友，已經進入了領敬老卡的年紀，是客觀定義上的長輩了。踏入花甲之年的我，也領到號碼牌，等著叫號了。當某些人還糾結在「叫『小姐』就好，叫什麼『大姐』。」的情緒中，我真心以為要珍惜被喚作「阿姨」的年紀，因為很快就要被叫「阿嬤」了。

母親剛過四十歲時，帶我去社區新開的牙科診所看牙，許多人推薦那間診所的醫生年輕、仔細，很有耐心。新開的診所就是有一種「新」的氣味，醫生看起來像大學生，白袍硬挺發亮，好像從來沒下水洗過。知道我們是母女，便笑著對母親說：「伯母！請放心，交給我們沒問題。」

「伯母？伯母？他竟然叫我伯母？我都要腦充血了，我看起來這麼老嗎？他竟然叫我伯母？」

回家後，我聽見母親發洩似的對父親說，父親可能說了些安慰的話，而我突然想起，從醫生喚了母親「伯母」之後，她一句話都沒再說過了，連我們離開診所時客套的「謝謝」都沒說，顯得有些心不在焉。

那是我的母親第一次被當成「長輩」的自然反應：震驚而且受創。

許多年過去，我們這些嬰兒潮與後嬰兒潮的人們也紛紛成了長輩。在《以我之名》這本書中，有一篇是〈孩子不是我們的未來，老才是〉，清楚誠實的說明了，「老年」與「成為長輩」就是我們的未來，面對這樣的未來，怎能只有驚惶與困惑而已？

經過一個旅遊景點的藝品店時，看見門口張貼「尋人啟事」，上面寫著：「我們想要尋找工作夥伴，條件為愛笑、愛乾淨。如果你正好是這樣的人，請推門進來聊聊吧。」他們開出的條件不是年齡、性別、工作經驗，竟是這樣的別出新裁，看得我怦然心動，忍不住推門進去了。

當然，進去不是要應徵，只是想看看店裡的工作人員是怎樣的。裡面只有兩位店員，一位是中年女性，剪著薄而短的髮型；另一位是年輕男生，他的髮長及肩，梳理得很整齊。他們穿著款式不同的白色衣裳，罩一件式的深可可色圍裙，捲起衣袖，隨性自在又便於勞動。店裡雖然沒有洋溢著歡笑，卻是一種輕鬆自在的氣氛，讓人可以安心逛逛。

那天，我在筆記裡寫下一段話：「愛笑的人喜樂，愛乾淨的人有自尊，我願自己一生都是如此。」希望能長久銘記。

《微笑老後》這本書是由九十三歲的中村恒子與五十五歲的奧田弘美聯手創作的，兩位作家都是女性，也都是精神科醫師，加起來近百年的行醫問診，應該讓她們對人性有更深刻的理解吧。她們提出了「過於抗拒變老，只會自找苦吃。」以及「本性難移，不要妄想改變一個人。」這一類的論點，目的都是讓來到人生下半場的我們放過自己，讓自己和周圍的人好過點。

常常保持喜樂之心、練習深呼吸、為小事發笑，可以大笑更好，這是許多拘謹了大半輩子的人難以達到的境界。我常覺得生性散漫的人，老來日子比較好過。因為老了，就是散了，精氣神散了，人際關係散了，錢財也散了，散漫的人不太在意這些，呵呵一笑，繼續過日子。

雖然我不講究「整齊」，清潔感卻是必要的。就算房間雜亂無章，走出家門的自己總要看起來神清氣爽才行。「我不怕老，我怕老人味。」剛剛領到敬老卡的潔心這樣說。我們討論老人的味道，不一定是不洗澡、不換衣服造成的，有時候是因為吃太多藥散放出來的體味；或是因為漏尿、大小便失禁⋯⋯「老人為什麼不肯包尿布？」這是新的疑問。

可能因為包尿布直接聯想到失能？覺得沒有尊嚴？

「身上都是尿味，才沒有尊嚴吧？」

潔心和我約好要彼此提醒，該包尿布就包尿布吧。愈來愈多的成人紙尿褲可以選擇，而且更名為「復健褲」，就是為了消除心魔吧。

「就算包著紙尿褲，我也要穿上美美的衣服。」潔心笑著說。

過了幾天，我又在筆記裡加上一句：「愛美的人有追求。」因為，關於「美」這件事，我還是不能忘懷。

與畢業了二十年的學生相聚，他們說起念大學時種種回憶。有個男生突然說：「當年去教師休息室繳作業給老師，老師穿了一件低胸上衣，哇！印象好深刻。」什麼？我有什麼條件穿低胸？他的回憶令我好詫異。一旁的女生連忙出聲證實：「不是很低啦，是領口挖得比較大，我們還跑去偷看耶，那一抹雪白很美啊。」好吧，證明我也是年輕過的。另一個女生說，她記得我在冬天裡穿著皮衣、皮短褲、配一雙長到大腿的靴子。「我們都好羨慕啊，不只是因為您能穿這樣的款式，更重要的是您敢穿。」其實是我很早以前就學會了穿衣的哲學：「隱惡揚善」。

曾經有記者訪問我，說起某某名人表示年紀大了以後，衣櫃裡只要有五件衣服就夠了。夏天三件、冬天兩件，何必有那麼多的欲望？

而後年輕的記者問我是否也要效尤，成為表率？我毫不猶豫的說：「我不想。」因為我喜歡挑選合適自己的衣裳，這是小時候就培養起來的能力與嗜好。

童年時每當我穿上新衣服，大人就拍照留念，翻看照片時母親一一說明，這件大衣是伯母做了寄來的；這件洋裝是別人家孩子穿不下的舶來品；這件斗篷是某位叔叔跑船到歐洲買的……雖然我們家境並不寬裕，但我很幸運能穿上好看的衣裳。父母去當時有名的童裝店「孔雀行」為我挑了一雙鞋，替我織了毛線背心和外套，把辮子編得整整齊齊，既然早早就學會了美，又怎能輕易放棄？

八十幾歲的母親雖然罹患認知症，我仍給她買新衣裳。她出門時會挑選自己喜歡的，穿上之後抬頭挺胸，面露微笑，那時候的她看起來很健康，並且美麗。使我想起年輕時她和朋友們拍的照片，一襲白襯衫、花花蓬裙，束得小小的腰肢，自信昂揚的青春。

對物質的喜愛、對美的追求，就是我的本心，我不想違心。當我年老後，希望穿衣仍是我的喜樂，使我的生命不致黯淡枯索。

成為給予者

夜晚將近十點回到家，父母親已經睡了，我打開門，看見餐桌的一盞燈下，外籍看護阿妮正在專心寫字。燈光柔和的照亮她的輪廓，那樣專注的神情。我換了拖鞋走向桌邊，她抬頭看見我，露出歡欣的笑容，與我打招呼。我走到她身邊，問：「都寫完了嗎？」她的生字本上，工整的寫著中文繁體字，一筆一畫都很用心。

「寫完了，要等老師看一看，

有沒有問題？」阿妮的中文能力不錯，聽和說幾乎沒問題，每天和我的父母談笑風生，聽見我們交談的人都表示羨慕。來到我家即將滿三年的這一天，她突然跟我說，想去學中文，還給我看了免費教移工學中文的網站和資料。我對她說，那些課程是教移工基本溝通的對話，對她來說應該太簡單了。自從她來到我家，常和母親聊天，成語和俗話都是一串一串的脫口而出，我問她：「妳還想學什麼呢？」

阿妮說：「我想學認字和寫字，將來回到印尼，就可以教中文了。」

她說當初在印尼準備來台灣工作時，曾經學過中文，後來才發現那些印尼老師教得並不好，錯誤很多，她覺得自己可以教正確的中文，可以教得更好。她三十五歲，有個十四歲的女兒，交給母親撫養，與丈夫先後來到台灣工作，每隔兩、三年才能返鄉探親一次。我已經是她的第四個雇主了，仲介公司對她的評價很高，她來到家裡熟悉一切之後，我覺得肩上的擔子輕了不少，父母的狀況也穩定許多。

「如果妳真的想學中文，我來教妳吧。」我對她說。

我們的中文課就這樣開始了，剛開始提筆寫中文，她抱怨自己的手好硬，寫不出那些筆畫。她也覺得中文的四聲發音很難，舌頭很不好控制，但是她從沒退縮與放棄，每晚我把她想要學的字寫在生字本上，讓她練習，她會先在回收紙上練習許多次，才慎重的寫在生字本的方格裡。如果寫錯了，或是寫得不好看的，她就剪下白紙貼上，重寫一次。

有一晚她興奮的對我說：「我的手變軟了。」她的字寫得很漂亮，比起許多台灣人寫得更好。我讓她自己決定想寫的字，她要學「醬油」、「酒」、「米」、「醋」這些買東西用得到的字，我對她說：「『醬』很難寫，還要學嗎？」她說：「請老師寫大一點給我看，我可以學，沒關係。」她不是小學生學寫字，從最簡單的開始。她要學的是最實用的字，而且不避苦與難。

我的「深夜學堂」是這樣開張的，反覆示範著正確的發音，一遍遍給她看寫字的運筆方式。如果有人帶著夢想準備飛翔，我真的很願意成為他羽翼下的風，模擬一次小小的飛行。

家裡也有外籍看護的朋友聽說了「深夜學堂」，她說：「妳真的是人太好了，我沒有這樣的時間和耐心。」我想是因為年紀吧，到了中年以後，我覺得能成為一個給予者是很激勵自我的。當我們願意付出時間與經驗，為年輕人提供幫助，也像是重新體驗了那些嘗試與努力、失敗與成功，有重新年輕一次的感受，不是很美好嗎？

利讓而不爭

朱麗的母親罹患輕微認知症超過三年了，健康時她就是個開朗熱情的媽媽，喜歡張羅家中一切吃食，每年過年的香腸、年糕，端午節的粽子，都是自己製作的。朱媽媽的豆沙粽子尤其美味，往年我都能分到一顆。自從朱媽媽病後，兒女們發現她包粽子的技能與興趣絲毫不減，從洗粽葉開始，每天神采奕奕，情緒高昂，笑口常開，朱麗告訴我，為了媽媽，他們家一整個星期都在蒸粽子。

「好消息是，妳今年可以分到五顆豆沙粽子。」我決定帶著朱媽媽以前最愛吃的糕點去探望她，感謝她送我的粽子。

好不容易在端午連假期間抽出時間，去看朱媽媽。那天朱家很熱鬧，除了朱家二老、朱麗全家，還有朱麗的哥哥與妹妹全家。朱家的幾個孫兒都來上過小學堂，見了面親切的打招呼。

朱媽媽在廚房裡和朱麗姐妹張羅晚餐，我同她聊了幾句，就到餐廳找朱伯伯說話。朱伯伯已經八十幾歲了，身體還很健朗，就是耳朵有點重聽。他一個人在餐桌上玩「金字塔」，孩子們都聚在客廳，有的閱讀，有的看電視，有的打電動。我問朱伯伯怎麼一個人玩牌，他說：「無聊啊，聊天也聽不見，看電視也看不清。」

我一時興起，就喚著客廳裡的孩子來陪爺爺玩牌。孩子們磨磨蹭蹭、拖拖拉拉，好不容易才湊了四個牌咖。朱麗從廚房探出頭來，笑著說：「果然是老師的面子大，還是妳有辦法，我們都喊不動。」

一桌六個人，朱伯伯說要玩接龍，孩子們發出輕微的、無奈的呻吟。玩了第一局，我就知道孩子們的無奈從何而來了。朱伯伯非常擅長將牌扣在手裡不出，讓孫兒們不斷扣分，年紀比較小的孫女都快哭了：「爺爺幹嘛這樣啦，每次都這樣。」雖然我是客人，朱伯伯一樣沒在客氣的，每當看到牌搭子的牌出不來，只好氣惱的扣分，他的眼神就迸出矍鑠的精光，一種勝利的快感。

我覺察到牌桌上的氣氛愈來愈詭譎，首先發難的是念高中的男孩，他突然起身說：「我拉肚子。」緊接著弟弟妹妹紛紛藉故離桌，小孫女離開時喃喃的說：「跟爺爺玩牌最不好玩了，都他一個人贏就好啦。」

提著粽子離開朱家時，我想著爺爺的牌桌上，只有那個想要贏的老人是快樂的，與孫兒們沒有交流互動，感受不到愛，也沒有成全，只有機巧謀略。有些人一輩子都要贏，才能證明自己的價值，卻沒學會愛的表達常常是輸而不是贏。牌桌上的爺爺注定是孤獨的。

年輕時因為家庭環境的關係，對於錢財，我總有不安全感，一筆一筆算得清清楚楚，雖然不想占便宜，也不想吃虧，「吃虧就是占便宜」是最討人厭的一句話。

年歲漸長，自信心建立起來，只要我還能工作，就會有收入，經濟上的不安全感也隨之消失。我發現自己的讓利而不爭，照顧著在意的人，原來也是很有成就感的。

也是照顧者的巧菱近來對父親很有意見，因為母親是洗腎患者，她為父母請了看護，原本父親說好了，母親年輕時攞攤的錢，都由他保管著，會拿出來支付看護費用，不會再增加兒女的負擔，等到看護真的來了，父親並沒有給看護薪水。

巧菱問父親為什麼不把錢拿出來？父親說他的錢買了股票，被套牢了，目前沒法動，叫巧菱先付看護薪水，以後再還她。巧菱無奈，只好找了哥哥和妹妹一起分擔，哥哥的兒女都在國外念書；妹妹正和先生談離婚，打算獨自撫養兒女；巧菱自己剛買了房子，背負著沉重的房貸，家家都有難付的帳單。眼巴巴望著母親的錢，卻總用不到，這樣一拖就是三年，兄妹之間也生了嫌隙。

看護偷偷告訴她，聽見爺爺打電話賣了股票，三兄妹充滿期待，沒想到過兩天，看護密報，爺爺好像又買了股票。還錢沒了指望，哥哥和妹妹覺得被誆了一場，巧菱氣得回去找父親理論，卻被母親勸阻：「不要再跟他提錢的事，他在家裡天天跟我吵，說三個小孩跟我一樣只認得錢。」

「錢都在他手裡，快九十歲的老人抱著那麼多錢做什麼？」巧菱說那天從家裡出來，看見被看護服侍得像大老爺一樣的父親，從心裡生出一股難言的厭棄。

「老了以後，我一定不要活成那個樣子。」她對自己發誓。

獨立而樂活

邱庭的母親已經八十歲了，每個星期打扮得漂漂亮亮去聚會，她沒有什麼重大疾病，血壓高一點、血糖高一點，也都只是一點。年輕時熱衷編織，有好幾張國際證書，教了許多學生，到現在仍是編織社團的精神領袖。邱庭說關於母親的許多訊息，都是從臉書得知的，比方她去吃了米其林餐廳；幫偏鄉的孩子上編織課；和三五好友到溫泉鄉度假，等等。

「媽，妳有時候也可以找我去吃米其林啊。」邱庭又撒嬌又抗議。

「媽，妳的活動怎麼那麼多啊？我什麼時候才能見到妳啊？」

每當這種時候，母親總是笑。

「媽，妳每天排這麼多事情，不會累嗎？」邱庭真的覺得很好奇。

「你們上班才累啊，我做自己喜歡的事，怎麼會累呢？如果什麼活動都沒有，那才活得累吧？」母親這樣說。

邱庭的父親六十歲中風，成為植物人，母親和外籍看護不辭辛勞的照顧了十二年，父親離世時沒有一點褥瘡，乾乾淨淨、整整齊齊。母親賣掉了居住三十幾年的四十坪老公寓，搬到一個電梯花園新社區，只有一房一廳；火速辭退了外籍看護，拒絕了兒女想辦法留下看護好作伴的提議，當時，兒女們都擔心她已經七十五歲，獨居會不會有許多不方便。

聽到「不方便」三個字，母親大笑起來：

「我一個人最自由、最方便，你們好好過自己的日子吧，別瞎操心。」

「妳看，我媽是不是有點誇張？還嫌我們麻煩耶。」邱庭看起來真的有點沮喪。但我可以理解邱媽媽的心情，一輩子像陀螺一樣，為了丈夫、兒女轉個不停，如今終於可以鬆口氣過著自己想要的生活，她真的不想被任何人和事干擾了。

「小時候我們總是期待父母理解我們，現在我們也該試著理解父母啊。」我對邱庭說。

「其實，妳沒想過『孤獨老』這樣的事嗎？那不會感覺很……」她欲言又止。

「寂寞？淒涼？悲慘？」我替她說了沒說出口的話。

她有點不好意思的笑了。

「寂寞是每個人都會有的，不見得是孤獨老的專利。淒涼和悲慘呢，就看自己怎麼想了，如果設定了老來要兒女成群，時時承歡膝下，否則就很可憐，那就真的會感覺淒涼又悲慘了。」

「這是什麼時代了，怎麼可能時時承歡膝下？大家都要上班、上學啊。」邱庭苦笑著說。

「但是，孤獨老的人如果需要照顧，又該怎麼辦？」她想了想又問。

「那就找專業的人來照顧啊。」

「說起來好像很容易，妳還沒到需要人照顧的時候。」

成為被照顧者，常常只在一瞬間，是無法預知的。

二〇二〇年秋高氣爽的日子，參加了一場海峽兩岸的論壇活動，散會後急著趕赴下一場錄音，在高低不平的路面行走，一個閃神，我抬起腳卻沒跨上臺階，反而被臺階絆倒，加上當時行走迅速，狠狠摔倒在地，就再也站不起來了。

左腳骨裂，雖然不需要動手術，卻有一個月以上的時間無法自由行動，我看著腫起來像大豬蹄的腳，呈現烏黑瘀青，立刻想著，接下來該怎麼辦？該如何安置自己？家是不能回了，家中已經有兩位很需要照顧的老父母，外籍看護的工作量夠大了，我平常是幫忙分勞解憂的人，如今卻只能添麻煩。我也不願意搬去和好友或工作夥伴同住，因為他們沒必要負擔這麼沉重的照顧責任，我得盡量靠自己。

自己一個人去吃飯、看電影、旅行，當然是獨立；然而在挫折困窘的時刻，能夠不倚賴他人，這才是真正的獨立。

自從成為照顧者之後，經歷了被照顧者的無理取鬧、固執、任性、情感上的各式勒索，我不只一次思考過，將來某一天，當我也需要照顧的時候，我想成為怎樣的被照顧者？一直以為，將來的某一天，是在十幾、二十年後，沒想到一場失足絆倒，使我瞬間成為失能的傷殘者。

摔跤，對我來說根本是家常便飯，每年總會來這麼一次，不是踩空了階梯，就是扭傷了腳，通常去復健科掛號，認真復健一、兩個星期，就恢復正常了。這次心裡知道摔得不輕，等到醫生宣判左腳蹠骨斷裂時，還是覺得有些詫異，怎麼真的摔出問題來了？我向父母報告了自己的傷勢，又向阿妮交代了生活上的各種事項，便搬遷到外居住了。

第一個念頭便是，需要聘請專業照護嗎？自己的失能到達怎樣的地步？我上網訂了一張有四個輪子的凳子，成為簡易輪椅，就可以在居處自由滑行。我滑到浴室上廁所、沐浴更衣；滑到桌檯前打稿、追劇。夥伴輪流為我送餐，兩天後，我請他們給我一個卡式爐、一個鍋子，和一些肉類、豆腐、蔬菜與雞蛋，便煮起火鍋來，吃得津津有味。

絕不要求照顧者送餐，是我在從事照顧的經歷中最引以為戒的事。

我的父親一向多病，早年住院時，都向醫院訂餐。七年前住院，拒絕吃醫院的餐點，要求我們餐餐送飯到醫院。所謂的我們，就是年近八十歲的母親和我。那時的外籍看護剛到台灣，人生地不熟，我在照顧母親的同時，還要一日三餐兼程送去醫院，有時攙著母親，提著四個人的餐點，在下著雨的街道上奔波，真的是心力交瘁。父親一生沒有安全感，這應該也是他尋求被重視的方式吧。所幸，我是個有安全感的人，不想用這樣的束縛捆住我的照顧者。

照顧者與被照顧者有著最近的距離，如果在我們付出許多時間與精力之後，卻無法向被照顧者學到任何生存之道，那不是太枉費了嗎？養傷的時候，不管夥伴們帶我去復健或晒太陽，我都用最誠摯的心情，表達喜悅與感謝。但我從不覺得這一切理所當然，穿著鋼鐵人一般的復健鞋，我開始工作，寫稿和教課，享受每個涼爽的風與溫暖日照的日子。

我向邱庭敘述了自己的經歷，並且對她說：

「經過這件事，更能真心的喜愛自己，因為我知道自己是個可以獨立生活、並且活得很快樂的人。」

先做好安排
（遺產與照顧）

每當我在活動中或是臉書上分享照顧父母的心路歷程，就會有我輩中人對我說：

「我不想給兒女造成負擔，所以，我都很注意自己的健康，運動啊養生啊，都有確實做到。」

我微笑著說：「這樣很好。」

但我想說而沒說出口的是：世事難料。

我的父母親成長於貧困離散的歲月，為了養家餬口，他們拚命努力工作，直到退休。退休後每天早晨五點起床，簡單梳洗便去登山、走步道、做有氧運動，兩個小時後才買菜回家。他們回家時，我常常還在睡夢中，高臥不起。

我的父母三餐定時定量，不菸不酒，從不熬夜，屬於生活習慣良好的典範。父親喜愛唱歌，參加了幾個歌唱班；母親常和好友聊天出遊，學習烹飪和編織，他們的信仰就是：把自己照顧好，不要成為兒女的負擔。

然而，二〇一五年的深秋之際，父親的病症來勢洶洶，住院檢查後確診為思覺失調。情緒暴走與人格分裂，震撼了我們，在他服藥之後，好不容易生活漸入正軌，二〇一七年深秋，母親的狀況有些脫序，我帶她去醫院做了精密檢查，確診為認知症。

直到幾年後的此刻，他們的身體健康狀況都沒什麼大問題，七、八年之間，父親兩條腿都摔斷過，動了全身麻醉的手術，醫師暗示我因為年紀太大了，他可能會面臨臥床與不可逆的衰弱問題。雖然照顧的歷程十分艱辛，但父親都撐過來了，他的康復狀況令醫師感到驚喜。

如果說人的身體就像一臺電腦，那麼，他們的硬體一直很堅固耐用，受損的其實是軟體。

換句話說，運動、養生都能讓我們的身體健康，但不一定能抵擋洶洶來襲的精神或腦部損傷。所以，我想說而沒有說出口的那句話，就是「世事難料」。

既然不管多麼努力，還是有可能出現始料未及的狀況，那麼，應該做好的準備必須認真思考。

我的多年好友喬茵的父母親都已過世多年，她看著我照顧父母，才認識到老是怎麼一回事。有一天，她很慎重其事的對我說：「看著妳這麼辛苦的照顧，我已經先跟兩個女兒講好了。我跟她們說：『媽媽以後可能有認知症，也可能會有老年精神疾病，到時候會拖累妳們，所以，我先跟妳們說一聲對不起喔。』」

「然後呢？」我問。

「什麼然後？先說了對不起，比較心安啊。」

「『對不起』是情感上的交代，難道沒有實質上的安排嗎？」我再問。

她有些困惑的望著我，無法回答。

「如果是我，我會告訴她們，妳們都是孝順的好孩子，假若以後媽媽的情況已經是妳們太大的負擔，就把我送去專業的機構照顧。他們比較專業，妳們可以放心。有空的話來看看我，就很好了。」

「哇！」喬茵深吸一口氣：「妳真的會這樣講喔？那個送機構的事。」

「我這種沒結婚又沒小孩的，將來肯定是要進機構的，我們可以去同一個機構，繼續當好姐妹啊。」

喬茵笑起來，點點頭：「妳說的喔，到時候不要嫌我煩就好。」

這些年來，我看過太多手足為了年邁父母的照顧，鬧得雞飛狗跳，甚至老死不相往來。我也看過許多手足，為了父母留下的遺產爭鬥不休，對簿公堂，醜態畢露。

做為一個成熟的大人，失能之前先安排好照顧的事；離世之前先妥善將遺產分配好，以免兒女受到牽累，甚至離心離德，這才是長輩的品格。

把自己放下

悅芝的父母年紀都大了，自從我們在工作場合相遇，她就常與我聊起父母的事。九十歲的老父親除了有點重聽，身體健康基本上沒什麼問題；母親曾經中風過，不良於行，八十歲開始坐在輪椅上，已經五年了。家中的下一代回來探望阿公、阿嬤，孩子們總是圍在阿嬤身邊，陪她聊天，跟她說說生活瑣事，卻離阿公遠遠的，勉強打個招呼就跑了。

每次圍桌吃飯，阿公必定要來個「愛的訓話」。說的都是想當年如何從南部鄉間到台北來當學徒；如何攢錢買下第一間小店面開店；如何從一間店面變成三間店面；如何養大四個小孩還讓他們都念完大學……菜已經擺上餐桌，飯也盛好了，一大家子都到了，阿公覺得這是最重要的時刻，很適合「愛的訓話」。

對於年輕的孫輩來說，美食當前，飢腸轆轆，實在不是訓話的好時機。「什麼『愛的訓話』？根本就是『愛訓話』。」國二的孫子嘀咕著，其他的孫兒孫女都忍不住偷笑。

除了愛訓話之外，就是問成績。「念哪間學校？」「班上成績第幾名？」「模擬考有沒有考好？」如果有哪個孫子的成績表現不如人意，立刻搬出大道理來教訓：「阿公當年沒錢念書，所以一輩子只能做工，你們好命可以念書，還不好好用功，這種成績怎麼對得起我們何家的祖先？」」

「阿公關心的是他自己，從來沒在關心我們，真的是很沒意思耶。」

有個國一的孫女這樣說。

悅芝沒有什麼話來替父親辯駁，不管是往日榮光或是考察成績，都是以自己為中心，無法讓孫輩感受到愛與關懷。

悅芝的母親就不是這樣的，孫女穿了新衣服，很想到阿嬤面前轉兩圈，她知道阿嬤會稱讚她；孫兒也會在阿嬤的輪椅前坐下，聽她說說每個孫兒孫女童年的趣事。阿嬤記得每個孫輩的生日，會包個小紅包給他們，過年時更會為他們祈求平安符，親手給每個孫兒戴上。

阿公過九十歲生日時，孫輩就只是行禮如儀的來參加。阿嬤過八十五歲生日，孫輩們半年前就開始策劃，有錢出錢、有力出力，要給阿嬤一個難以忘懷的生日宴會。這樣的差別，阿公當然也冷暖自知，他是這樣對悅芝說的：「我跟妳媽不一樣，我是在教小孩，妳媽就只是寵小孩。」

但我們都覺得，這並非教育方式不同，而是做為長輩的人是如何看待自己的。阿嬤對待孫輩的方式，讓每個孩子感覺受到重視；阿公與孫輩的相處模式，是不斷呼籲所有人重視他。

心理治療大師阿德勒（Alfred Adler）曾說：「**我們唯有藉著去愛他人，才能擺脫以自我爲中心。**」

年輕的我們，站在世界的中心呼喊愛，而後呼喊錢，呼喊成功，呼喊被看見，我們真的覺得自己是站在世界的中心。隨著年歲漸長，進入中年、邁入老年，其實已經漸漸走向世界的邊陲地帶了——不再整天想著索取，而是想到給予；不再整天想著擁有，而是習慣失落；不再努力爭取機會，而是成功不必在我。不再想著他人能為我做些什麼，而是想著我能為他人以及這個世界做些什麼。

退居邊陲並不是荒涼，實則有另一番風景；退居邊陲並不是孤寂，仍應該對世界保有溫愛。中心有中心的生存競爭，邊陲有邊陲的快意自在。

或長或短的人生，從小就被要求著力爭上游的姿態，成為長輩之後，終於可以慢慢把自己放下了，心中的那些貪嗔痴、競爭與計較也放下了。背負了好久的擔子放下之後，感到前所未有的輕鬆與自由。

今天是餘生

年輕時，在牆壁的吊飾上看見一行字：「把今天當成人生的第一天。」當成第一天，所以一切都是新鮮的，沒有過去，沒有創傷，充滿希望與未知。但我心裡卻浮起一句話：「我願把今天當成人生的最後一天。」

因為是人生的最後一天，沒有更多時間，我們看待生命的方式會不會有所不同？

多年前我在大學教書，常和學

生討論課本以外的話題。有一回，讀到一本翻譯小說，大意是說彗星即將撞上地球，所有生命都將毀滅，僅剩七天的時間，人們將如何度過呢？男主角踏上了一場徒步旅行，要與相愛的女孩見最後一面。因為所有的交通工具都停擺，整個世界都混亂了，充滿危險、恐怖、絕望與扭曲，這也成為一場詭變多端的最後旅程。講完故事之後，我問那些十八、九歲的男生，如果人生只剩七天，你想做什麼？

果然不出所料，男孩們一片興奮喧騰，有人說要把父母的錢全部花掉；有人要結夥搶銀行；有人要到拒絕他的女生家潑油漆；有人要把看不順眼的同學痛揍一頓⋯⋯

「只剩下七天了，世界就要毀滅，你們真的要做這麼浪費時間的事嗎？」我認真的問。

他們這才安靜下來，似乎真的在思考。

我問了那個成績很好、看起來卻有點陰鬱的男孩：「如果只剩七天，你想做什麼呢？」

他低頭狠狠盯著地板，彷彿那裡生出一雙眼睛與他對望。而後，他深吸一口氣，用了很大力氣，聲音卻仍悶在胸腔裡：

「我要去找我媽，問她為什麼把我丟下十五年，不聞不問？」

就像是潘朵拉的盒子被開啟，大家突然踴躍分享，我聽到許多祕密，像是婆媳問題、教養問題、家暴狀況等等。有個學生問我：「那老師要怎麼度過最後七天呢？」

我說，前面五天我應該還是會到學校來教書吧，像平常的生活那樣，就算沒有一個學生來上課，空無一人的校園還是很美的。第六天我應該會打電話給幾個好朋友，向他們表達愛與感謝。第七天我想穿上喜歡的衣服，靜靜翻看著過往歲月的信件與卡片，直至最終。

每隔幾年就會有「世界末日」的傳聞及預測；不算太遠的日本發生了地震與海嘯；這三年來的大疫與更多潛伏在冰川下的古老病毒；近兩年來實際發生的戰爭與戰爭的威脅，每每提醒著我們，所謂末日，時時都會到來。在這樣的無常中，每天都可能是餘生的最後一天。

自從把今天當成最後一天，我發現自己更珍惜每個瞬間，早晨起床打開房門，看見心愛的貓咪乖巧的坐著等我；隔壁鄰居煮咖啡的氣味瀰漫在空氣裡；車子行過山林間，一縷一縷的閃亮陽光打進窗戶；火鍋煮沸的咕嚕聲裡，掀起蓋子的香味撲鼻；石牆縫隙中鑽出來的小花，亭亭的在風中搖曳；為母親沐浴的氤氳水氣中，她像小女孩那樣唱著歌……這些看似尋常的片段，正在發生，也在消逝，怎能不珍惜？

我沒有時間去抱怨了，如果可以改變就認真改變，不能改變就設法遠離；我不想做出衝動的事，因為沒有時間去修正與懊悔，該有更成熟的態度；我想留更多時間與自己獨處，不想浪費在人事的傾軋與爭鬥，更不想說出違心的話。就算是很難原諒的人和事，也不想花力氣去憎惡了。愈來愈明白許多遭遇都是性格與選擇的結果，自己要負相當的責任，卻也不想再責怪自己了，走過人生道途，都是不容易的。

如果今天是餘生，我想要更多快樂的笑聲；想留在喜歡的地方；想看見心裡在乎的人；想嗅聞世界的氣味，想跟自己說謝謝。

如果，今天是餘生，我不想有遺憾。

曼娟老師直播極短篇
【專注於現在，因為它可以造就未來】

只此一家，別無分號

華文創作 BLC112

自成一派

只此一家，別無分號

作者 — 張曼娟

總編輯 — 吳佩穎
人文館資深總監暨責任編輯 — 楊郁慧
美術設計 — 謝佳穎（特約）
內頁攝影 — 林宏奕、謝佳穎（特約）
內頁排版 — 蔚藍鯨（特約）

出版者 — 遠見天下文化出版股份有限公司
創辦人 — 高希均、王力行
遠見・天下文化 事業群榮譽董事長 — 高希均
遠見・天下文化 事業群董事長 — 王力行
天下文化社長 — 林天來
國際事務開發部兼版權中心總監 — 潘欣
法律顧問 — 理律法律事務所陳長文律師
著作權顧問 — 魏啓翔律師
社址 — 台北市104松江路93巷1號
讀者服務專線 — 02-2662-0012｜傳眞 — 02-2662-0007；02-2662-0009
電子郵件信箱 — cwpc@cwgv.com.tw
直接郵撥帳號 — 1326703-6 遠見天下文化出版股份有限公司

製版廠 — 中原造像股份有限公司
印刷廠 — 中原造像股份有限公司
裝訂廠 — 中原造像股份有限公司
登記證 — 局版台業字第 2517 號
總經銷 — 大和書報圖書股份有限公司｜電話 — 02-8990-2588
出版日期 — 2023 年 3 月 31 日第一版第一次印行
2024 年 1 月 16 日第一版第八次印行

定價 — NT 380 元
ISBN — 978-626-355-046-9
EISBN — 9786263550490 (PDF)；9786263550506 (EPUB)
書號 — BLC112
天下文化官網 — bookzone.cwgv.com.tw

國家圖書館出版品預行編目（CIP）資料

自成一派：只此一家,別無分號/張曼娟著.
-- 第一版. -- 台北市：遠見天下文化出版股份有限公司, 2023.03
面； 公分. -- (華文創作 ; BLC112)
ISBN 978-626-355-046-9(平裝)

863.55 111021249